L'ASSASSIN HABITE AU 21

Éditions du Masque
17, rue Jacob - 75 006 Paris
www.lemasque.com

L'ASSASSIN HABITE AU 21

Stanislas-André Steeman

ISBN : 978-2-7024-3918-0

Conception graphique : WE-WE
Couverture : © Collection Christophel

Stanislas-André Steeman, né en 1908 à Liège, fait partie, avec Georges Simenon, des grands auteurs belges de littérature policière. Tout jeune il se passionne pour les histoires de mystères ; il aurait écrit sa première énigme à six ans ! Journaliste à *La Nation belge*, il publie des nouvelles avant de se consacrer pleinement à l'écriture avec la parution en 1931 de *Six hommes morts* (*Le dernier des six* au cinéma) qui obtient le Prix du roman d'aventures. Steeman est un auteur emblématique du Masque.

DU MÊME AUTEUR AUX EDITIONS DU MASQUE

Quai des Orfèvres
La morte survit au 13
Le trajet de la foudre
Le condamné meurt à cinq heures
La maison des veilles
Feu Lady Anne
Faisons les fous
Une veuve dort seule
L'infaillible Silas Lord

Prologue

Le passant tomba sans un cri, absorbé par le brouillard avant d'avoir touché terre. Sa serviette de maroquin fit floc en giflant le trottoir.

Mr Smith soupira. Il pensait : « Comme c'est facile ! *Plus facile encore que la première fois !* »

De fait, il n'avait pas éprouvé cette moiteur au creux des mains et ces tiraillements d'estomac qui, l'avant-veille, avaient ralenti son geste de mort.

Les réverbères, allumés depuis le matin, jalonnaient les rues de cocons lumineux, et les rares véhicules roulaient à pas d'homme. Des agents réglant la circulation on ne distinguait que les gants et le casque blanc, surmontant la tache blême du visage. « Fameux temps pour les assassins ! » ainsi que l'avait dit Mr Smith à Mrs Hobson en sortant de chez lui.

Il retourna le corps du pied, s'agenouilla, prit le poignet de sa victime. Enfin ses mains gantées de caoutchouc noir coururent sur elle comme de diligents nécrophores.

Dix minutes plus tard, devant le numéro 15 de Rackham Street, quatre hommes entouraient une masse sombre étendue sur le trottoir.

Le premier était le Dr Graves, du *Princess Louise Hospital*, tout proche. Le second portait l'uniforme de constable. Le troisième était l'inspecteur Fuller, de Scotland Yard. Le quatrième, enfin, visiblement écrasé par ses responsabilités, appartenait également au *Princess Louise Hospital* à titre de garçon de salle. C'était lui qui, trébuchant quelques instants plus tôt sur le cadavre, avait donné l'alarme.

— Fracture du crâne, dit le docteur en se relevant. Mort foudroyante remontant, au plus, à un quart d'heure. (Il ajouta, sans marquer d'autre émotion :) Le deuxième en trois jours, si je ne me trompe ?

L'inspecteur s'était, à son tour, penché sur la victime. En homme sûr de son affaire, il fit deux gestes simultanés. Sa main gauche fouilla la poche intérieure du veston et revint vide. La droite se glissa sous le corps et en ramena une carte de visite portant un simple nom manuscrit.

— Je me demande..., commençait justement le constable.

— Oui, dit Fuller.

Le superintendant Strickland passait, avec raison, pour l'homme le plus flegmatique de tout Scotland Yard. Mrs Strickland elle-même avait renoncé définitivement à lui faire perdre son sang-froid le jour où elle lui avait donné, pour la troisième fois, des jumelles.

— Et alors ? fit-il, quand l'inspecteur Fuller lui eut relaté le crime commis dans Rackham Street.

Quelque histoire qu'on lui contât – fût-ce celle d'un misérable se coupant la gorge après avoir exterminé toute sa famille –, le superintendant Strickland grommelait : « Et alors ? » Aucun dénouement ne le satisfaisait.

— Porter a avoué, monsieur. Il avait donné les perles à ses poissons rouges.

— Et alors ?

— La femme est prise, monsieur. C'est une serveuse de chez *Lyon's*.

— Et alors ?

Si bien que la moitié de la police métropolitaine rêvait de lui répondre : « Et alors, le loup l'a mangé ! »

Fuller, le gros et formaliste Fuller, en éprouva lui-même, ce soir-là, la tentation. Mais il sut n'en laisser rien voir.

— Alors, répondit-il, l'homme de Rackham Street a été assommé à l'aide d'un sac de sable tout comme Mr Burmann, dans Tavistock Road, avant-hier. On l'a tué, tout comme Mr Burmann, pour le voler. Son meurtrier, enfin, nous a laissé, de nouveau, sa carte de visite.

Ce disant, l'inspecteur Fuller déposait devant son chef le bristol découvert sous le corps quelque vingt minutes auparavant.

— Mr Smith ! lut, tout haut, le *super*. Quel besoin notre homme a-t-il de signer ainsi ses crimes ?

— Je me le demande ! dit Fuller. On comprendrait cela de la part d'un fou. Mais Mr Smith n'a rien d'un fou. Il obéit au mobile le plus vulgaire : l'intérêt.

Strickland hocha la tête :

— Qui sait ? Ces vols sont peut-être destinés à égarer nos recherches. Aucune idée de l'identité de la victime ?

— Pas encore, monsieur. Mais j'ai chargé six hommes d'interroger les occupants des maisons proches du lieu du crime.

Fuller éprouva le besoin de se justifier :

— Après tout, il y a un précédent... La deuxième victime a pu, elle aussi, être attaquée dans son quartier.

Strickland approuva, en silence. Il pensait à l'homme qui disait s'appeler Smith. Était-ce son vrai nom ? Peu probable. Se cachait-il derrière un pseudonyme ? Dans les deux cas, quel était le but de cet exhibitionnisme morbide ?...

Strickland songea encore à sa soirée gâchée – il allait falloir veiller jusqu'à ce que l'on perdît tout espoir d'en apprendre davantage ce jour-là –, à l'*osso bucco* que Mrs Strickland mangerait sans lui, à la sombre fureur qui secouerait le colonel Hempthorne à l'annonce de ce second attentat.

— Écoutez-moi bien, Fuller ! dit-il enfin. Si l'identité de la victime n'est pas établie dès ce soir, arrangez-vous pour faire passer un avis dans les journaux du matin. Réclamez au Dr Hancock ses conclusions dans les douze heures. Doublez les rondes, à tout hasard, aux environs de St. Charles College et de la station de Westbourne Park. Ordre d'interroger et de fouiller tous les individus suspects… Je veux un rapport toutes les heures.

« Toutes les heures ! » Fuller remarqua *in petto* que le *super* venait de donner la seule marque d'émotion dont il fût capable. Il dit : « Bien, monsieur » et se dirigea vers la porte.

Au moment de sortir, il se retourna. Strickland tenait, entre le pouce et l'index, le bristol où une main inconnue avait, en capitales d'imprimerie, tracé le nom de Smith, et le considérait pensivement.

Les regards des deux hommes se croisèrent et Fuller eut un accès d'audace.

— Mauvaise affaire pour les Smith, monsieur, dit-il, si vous me permettez de donner mon avis.

De fait, l'assassinat de Rackham Street suivant, à quarante-huit heures d'intervalle, un forfait en tout point semblable, devait avoir, entre autres conséquences, de curieuses répercussions sociales.

Des gens jouissant jusque-là d'une flatteuse considération et qui n'avaient d'autre tort que de s'appeler Smith, n'inspirèrent plus, du jour au lendemain, que méfiance et hostilité. On changea de trottoir à leur approche, on les montra du doigt. D'aucuns connurent le mépris de leurs fournisseurs. D'autres se virent rejetés des cercles où, la veille encore, ils étaient accueillis avec la plus réconfortante cordialité. « Boycottez les Smith ! » Ainsi s'exprimait la voix du peuple. Dans l'East End, la police fut appelée à protéger plusieurs magasins que la foule commençait à mettre au pillage et le *signor* Chipini, l'actif directeur du *Savarin*, n'est pas près d'oublier la bataille rangée provoquée, certain samedi après-midi, par un groom ayant eu la fâcheuse idée de traverser le hall de l'hôtel (qui ne contenait pas moins de trois brebis galeuses) avec une ardoise portant cet avis : « On demande Mr Smith au téléphone. » S'il n'y eut pas mort d'homme, on n'en peut imputer la faute à personne.

En vain un hebdomadaire dont la bonne humeur ne s'altérait jamais proposa-t-il de débaptiser les quelque cinq mille (?) Smith de Londres et de les appeler Jones. Le souvenir encore vivant de Jack l'Éventreur semblait avoir ôté, au peuple qui a révélé à ses voisins et le mot et la chose, tout *sense of humour*. Sans doute Mr Smith épargnait-il aux cadavres de ses victimes les atroces mutilations que leur faisait subir son prédécesseur. Par contre, il n'avait pas l'excuse de la folie. Ses crimes étaient inspirés par la seule cupidité. Tout compte fait, cela en aggravait l'horreur.

Mr Burmann avait été tué dans Tavistock Road, le 10 novembre, à 11 heures du soir, et Mr Soar – le mort de Rackham Street était un antiquaire du nom de Benjamin Soar – le 12 novembre, vers 5 heures de l'après-midi.

Le 19 du même mois (Mr Smith venait de commettre son troisième crime, s'en prenant cette fois à un solicitor bien connu, du nom de Derwent), un Mr Jeroboah Smith se jetait dans la Tamise du haut du pont des Suicidés. On le repêcha, mais son bain glacé lui valut une fluxion de poitrine qui l'emporta dans les vingt-quatre heures. Les jours suivants, on ne compta plus les Smith sans emploi et ceux qui, ayant déménagé dans l'espoir de trouver des voisins plus accommodants, cherchaient en vain à se loger. Décliner son nom de Smith équivalait désormais, pour un domestique, à recevoir ses huit jours ; pour un placier, à se faire jeter à la porte incontinent ; et pour un tramp, à être dépossédé de son traversin de pierre sous Tower Bridge.

Quelques esprits positifs tentèrent bien de démontrer, au cours de discussions animées, qu'il était fort improbable que ce nom de Smith, dont se prévalait l'assassin, fût vraiment le sien. On leur répondit tout de travers et on les tint eux-mêmes pour suspects.

Londres, qui connaissait la peur, se moquait bien de la voix de la raison ! Elle voulait des responsables.

Scotland Yard cependant ne demeurait pas inactif.

Chaque jour, ses chefs, que la croyance populaire désigne sous le nom de *Big Four*, prenaient de nouvelles et excellentes mesures.

Ainsi, après l'assassinat de Mr Derwent, tué dans Maple Street, ils s'avisèrent, plan en main, que le rayon d'action de Mr Smith s'inscrivait dans un vaste quadrilatère s'étendant en longueur du British Museum aux Wormwood Scrubs et englobant la meilleure partie de Paddington, Bayswater, Notting Hill, etc.

En conséquence, il fut notamment décidé que :

1° Tous les constables et détectives en civil, chargés de surveiller cette partie de Londres, seraient munis, de jour et de nuit, de revolvers ;

2° leur effectif serait doublé au premier signe de brouillard ;

3° ils auraient à interroger et, au besoin, fouiller tout promeneur isolé ;

4° la surveillance exercée dans ces quartiers par les *Flying Squads*[1] et patrouilles à motocyclette serait renforcée (toujours par temps de brouillard) de cinquante pour cent ;

5° les propriétaires d'hôtels, de pensions de famille, etc., seraient requis d'aider la police en lui fournissant des renseignements sur toute personne dont la conduite éveillerait les soupçons.

Ces mesures, qui en entraînèrent vingt autres (mise à l'épreuve de nouveaux modes d'éclairage par temps brumeux, enquêtes dans les *slums*[2], etc.), eurent pour premier effet de remonter le moral de la population et, pour second, de ralentir la néfaste activité de Mr Smith. Il chôma – si l'on ose ainsi dire – pendant trente-quatre jours exactement.

Chacun sait avec quelle allégresse Londres célèbre Christmas. Avec quelle unanimité aussi. Ses habitants étaient donc en droit d'espérer, dans le secret de leur cœur, que Mr Smith – *à condition qu'il fût anglais – ferait la trêve de Noël*.

Mais il faut croire que Mr Smith n'était pas anglais ou encore que la sulfureuse « purée

1. Brigades volantes en auto.
2. Quartiers pauvres de Londres.

de pois » matelassant les rues depuis midi, ce 24 décembre, réussit à le lui faire oublier…

Toujours est-il que le constable Alfred Burt, alors qu'il s'engageait, vers le soir, dans Foxglove Street, venant de Western Circus, entendit, non loin de lui, un bruit de chute. Prenant tout juste le temps d'allumer sa torche électrique, Burt se mit à courir. Hélas ! c'était une faute ! Il le comprit en voyant soudain détaler un homme plié en deux, tandis que se dessinait, sur le trottoir, une masse sombre immobile. Ce spectacle, pourtant, ne fit qu'aiguillonner Burt. Les circonstances lui offraient une occasion unique de se distinguer : il entendait en profiter ! Ouvrant tout grand le compas de ses longues jambes, il porta son sifflet à ses lèvres, chercha fébrilement son « feu »…

Mais il était dit qu'Alfred Burt ne deviendrait jamais sergent. À l'endroit où Foxglove Street oblique à angle droit pour rejoindre Hilary Road, il rencontra son destin sous l'aspect d'un inoffensif promeneur dans lequel il donna, tête baissée. Le temps de se relever et le fuyard s'était volatilisé dans le brouillard[1].

Vingt minutes plus tard, le constable Withers découvrait à son tour, en bordure de Wormholt Park, un cadavre encore chaud : celui d'une vieille dame à perruque rousse qui, à en juger par ses mains crispées, était entrée dans la mort en serrant

1. Le lecteur apprendra, sans trop d'étonnement, qu'Alfred Burt tient, aujourd'hui, une friture ambulante dans Covent Garden.

désespérément contre elle un réticule maintenant disparu.

Mr Smith – soit qu'il eût voulu se venger d'avoir eu peur, soit que son premier crime n'eût pas « payé » – *avait fait coup double.*

Scotland Yard se devait naturellement, après semblable offense, de tenir une nouvelle conférence. Elle ne réunit pas moins de dix gros bonnets dont quatre se rendirent ensuite, avec l'empressement de condamnés, chez sir Leward Hughes, Premier Ministre.

Mr Smith, en effet, devenait une sorte de fléau national capable, si l'on n'y mettait promptement bon ordre, d'affoler tout Londres et, chose plus grave, de révoquer en doute l'excellence de la police anglaise.

Sir Leward demanda quand et comment Scotland Yard comptait mettre un terme aux exploits de Mr Smith. Sir Christopher Hunt, *Chief Commissioner of Police*, lui exposa brièvement les mesures et sir Leward estima, non sans raison, que c'était tout à fait insuffisant puisque aussi bien Mr Smith poursuivait son œuvre de boucher. Sir Leward demanda si Scotland Yard avait opéré quelque arrestation. Le colonel Hempthorne lui répondit qu'on en avait opéré douze, mais qu'aucune n'avait été maintenue. Sir Leward demanda si Scotland Yard n'avait pas reçu de suggestions intéressantes émanant de particuliers. Le commissaire adjoint Prior lui répondit qu'on en avait reçu onze cent dix-sept, que toutes avaient été examinées avec le plus grand soin, et que trois avaient été retenues. Sir Leward demanda à sir Christopher s'il méditait la chute du ministère et sir Christopher lui répondit en lui offrant sa démission. Sir Leward jura qu'il n'en avait que faire.

Finalement, il fut convenu que l'on promettrait par voie d'affiches des récompenses allant de 50 à 2000 livres pour toute information pouvant amener l'identification ou l'arrestation du criminel et que sir Leward discuterait avec le ministre de la Guerre de l'opportunité de faire appel à l'armée pour renforcer les effectifs de police.

À l'issue de la réunion, le colonel Hempthorne s'approcha de sir Cecil Blain et l'attrapa par le bras.

— Que diable vous arrive-t-il, mon cher ? s'informa-t-il, bourru comme à l'ordinaire. Vous n'avez soufflé mot de tout l'après-midi.

Sir Cecil regarda le colonel avec humeur.

— Je voudrais vous y voir ! éclata-t-il enfin. Ma fille se marie demain, à Saint-Pancras, avec un Smith !

De son côté, Sturgess, le secrétaire particulier du ministre, tentait de rendre à son maître confiance en l'avenir :

— Croyez-moi, monsieur, Mr Smith va trop fort. Son audace le perdra.

Mais le « Premier » était d'un autre avis :

— Au contraire, Sturgess ! Elle le sert à merveille. L'homme est grisé. Rien ne l'arrêtera plus, maintenant !

Les événements devaient lui donner tragiquement raison.

Au moment où commence ce récit, Mr Smith venait de faire sa septième victime, toujours par temps gris et brumeux, dans l'immuable décor d'une cité fantôme.

1
Henry Beecham se fâche

Le constable Henry Beecham était connu comme le loup blanc dans tout Shoreditch pour sa patience et sa bonne humeur. Ainsi les neuf garçons de Mrs O'Halloran, à qui se joignaient quelquefois les onze filles de Mrs Mullin, pouvaient le suivre en ribambelle tout en chantant à tue-tête : *There was an old lady of Brighton*... sans qu'il leur marquât autrement sa réprobation qu'en se retournant aux coins de rue pour les menacer du doigt. Mieux, Mrs O'Halloran en personne pouvait l'agonir d'injures chaque samedi, après avoir été expulsée de l'un ou l'autre pub du quartier. Il ne l'en reconduisait pas moins avec une ferme douceur jusqu'à la porte de chez elle.

Cela expliquera l'étonnant développement de la scène qui va suivre. Avec tout autre que Beecham, elle eût été écourtée de plus de la moitié...

Il était 5 heures du matin, ce 28 janvier 193..., et le constable descendait lentement Quaker Street quand il s'arrêta, interdit. À moins de cinq mètres de lui, un homme le regardait venir avec intérêt, perché sur un réverbère comme si c'était ni plus ni moins qu'un cocotier.

« Bon ! pensa Beecham, le premier moment de surprise passé. Le type est fin soûl ! » Et comme de juste, cela l'inclina à l'indulgence.

— Hé, vous ! s'écria-t-il en pressant le pas. Qu'est-ce que vous faites là ?...

— J'attends l'évêque d'Andover ! répondit l'autre avec simplicité.

Beecham n'aimait pas beaucoup qu'on parlât mal des évêques, mais, après tout, l'homme ne devait plus très bien se rendre compte de ce qu'il disait.

— Peu importe ! décida Beecham. Descendez ! (Et d'ajouter dans un touchant esprit de conciliation :) L'évêque n'ira pas vous chercher là-haut.

Mais l'autre ne l'entendait pas de cette oreille.

— Qui vous a demandé votre avis ? aboya-t-il en puisant dans ses talons, à grand renfort de raclages de gorge, un crachat qui vint s'étoiler aux pieds du constable. *Pimple nosed pig !*

Passe encore pour *pig*[1] ! C'est l'une de ces désobligeantes comparaisons dont la verdeur s'est, avec le temps, fortement atténuée. Mais Beecham avait une faiblesse : il détestait qu'on fît allusion à son nez. Aussi parut-il avoir subitement avalé un sabre.

1. Cochon.

— Vous avez bien dit : *pimple nosed* ? insista-t-il.

— Sûr que je l'ai dit ! confirma l'autre. *Pimple nosed pig !* (Et il ajouta impudemment :) Ignoriez-vous donc, jusqu'à maintenant, quelle espèce de courge vous avez ?...

« Dieu tout-puissant ! pensa Beecham. Le moment était venu de se montrer énergique. »

— Je ne sais qu'une chose, répondit-il avec sévérité. C'est comment sera, tout à l'heure, *votre* nez, si vous ne « la bouclez » pas immédiatement !

— *Oh ! yes ?... I'll knock your teeth through the back of your head, you blooming cop*[1] !

L'homme avait débité cela sans reprendre haleine, en vrai *cockney* ! Beecham en resta un bon moment suffoqué, puis il défit posément le haut de sa tunique, en retira un petit calepin à couverture de moleskine et un crayon dont il humecta la pointe du bout de sa langue.

Il eût donné gros pour arranger les choses à l'amiable. Mais il n'y fallait plus songer, maintenant. Cinq ou six badauds dont les rires allaient du grave à l'aigu faisaient cercle autour du réverbère.

Beecham décida, malgré tout, d'offrir une dernière chance à l'inconnu haut perché.

— Vous avez bien dit : *blooming cop* ? interrogea-t-il d'un ton incrédule, en homme prêt à convenir d'une grossière méprise.

1. Littéralement : « Je ferai passer vos dents à travers votre gorge, espèce de sale flic ! »

— *God damn and blast your bloody eyes*[1] ! Sûr que je l'ai dit !

De rose vif qu'elle était naturellement, l'honnête figure de Beecham devint aubergine. *God damn and blast..* Impossible, décidément, de tolérer cela !

Remettant son calepin et son crayon dans sa tunique, le constable saisit le réverbère à deux mains, donnant l'impression de vouloir y grimper comme à un mât de cocagne.

Mais il fit mieux. Levant vivement le bras, il empoigna l'homme par un pied et tira. L'autre, surpris par la promptitude de l'attaque, manqua d'abord tomber. Puis il se ressaisit et réussit à faire lâcher prise au constable en lui martelant la main du pied gauche.

En même temps, il l'injuriait de plus belle :

— *Get out of my way, you son of a bitch*[2] !

Beecham soupira. Il n'avait plus le choix des moyens. Saisissant son sifflet, il y souffla comme Éole, le dieu des vents lui-même.

Tandis qu'on l'emmenait au poste de police, l'homme de Quaker Street, bien que solidement maintenu sous les bras par les constables Beecham et Jarvis, manqua s'étaler une dizaine de fois. Mais il n'eut pas plus tôt franchi le seuil du commissariat qu'il retrouva son équilibre comme par miracle.

---

1. Littéralement : « Dieu damne et détruit vos yeux sanglants ! »

2. « Ôtez-vous de mon chemin, fils de pute ! »

— Merci, mes amis ! dit-il, non sans autorité et avant même que le sergent Guilfoil, monté en hâte sur son haut tabouret, lui eût fait subir le classique interrogatoire d'identité. *Vous m'obligeriez beaucoup en demandant Whitehall 1212 au téléphone.*

Whitehall 1212, le numéro d'appel de Scotland Yard ! Le sergent et ses subordonnés échangèrent un regard éloquent.

— *Good Lord !* s'exclama Jarvis en commençant de déboutonner sa tunique. Nous sommes assez de deux pour vous inculquer le respect dû à l'uniforme !

L'inconnu ne se troubla pas :

— Minute, Jarvis ! J'aurais cru que la police de Londres avait la mémoire des physionomies.

Au même instant, Beecham poussa un cri de surprise :

— Toby Marsh !

— En personne, dit l'autre en s'inclinant. Je reconnais que la moustache me change un peu. Consentirez-vous maintenant à téléphoner ?

Mais Jarvis, dont le tibia droit se ressentait encore des coups de pied libéralement distribués par le prisonnier pendant le trajet de Quaker Street au poste de police, n'entendait pas renoncer aussi facilement à la revanche qu'il s'était promise.

— Entrez là, Marsh ! dit-il en poussant la porte d'une cellule. Nous verrons après !

Toby Marsh secoua la tête :

— Je crains qu'il n'y ait pas d'après, Jarvis !

Et, encore qu'il n'eût pas bougé, un long poignard à manche noir jeta un éclair entre ses doigts effilés.

— Au moindre geste un peu vif de votre part, Daisy vous prendrait pour cible. Je dois à la vérité d'ajouter que ma manche gauche ne contient pas moins de deux joujoux du même genre.

Les agents s'arrêtèrent, médusés... Toby Marsh passait pour le plus adroit lanceur de couteaux de toute l'Angleterre.

— Rengainez ça ! grommela enfin le sergent. Que voulez-vous aux *busies*[1] ?

Toby Marsh regarda ses ongles :

— Leur donner une bonne adresse, tout simplement... Celle de Mr Smith !

Un quart d'heure plus tard, deux hommes aux cirés ruisselants de pluie pénétraient dans le poste de police. L'un était le superintendant Strickland ; l'autre, grand garçon roux et dégingandé, l'inspecteur Mordaunt.

— Bonsoir, Marsh ! dit Strickland. Vous avez insulté des constables dans l'exercice de leurs fonctions, à ce qu'il paraît ?

— Et comment ! dit Toby Marsh. Tout mon répertoire y a passé.

— Dans ces conditions, il est de mon devoir de vous prévenir que...

— Je sais ! Je sais ! Le sergent Guilfoil m'a déjà donné plus d'avertissements que je n'en ai reçu au

1. Détectives.

cours de ces dix dernières années... Pensez-vous que je sois *salé* ?

Strickland haussa les épaules :

— Vous connaissez le tarif. Étant donné vos antécédents, estimez-vous heureux si le juge ne le double pas.

Chose étrange, cette perspective, au lieu de contrarier le prisonnier, parut lui procurer un vif soulagement.

— *Well !* dit-il en se frottant les mains. Me voilà tranquille. Mr Smith ne me fera tout de même pas mon affaire en tôle.

— Ainsi, commença Strickland, c'est pour cela que...

— Exactement ! Supposez que je sois allé vous trouver bravement à Scotland Yard. Demain, chacun aurait connu le dénonciateur de Mr Smith, les journaux auraient imprimé mon nom, bref, il ne me resterait plus qu'à dire adieu au monde !

Strickland se pencha en avant :

— Vous n'êtes donc pas sûr que vos renseignements nous permettent d'arrêter Mr Smith aujourd'hui ?

— Ils le devraient ! grommela Toby Marsh. (Et soudain pris d'inquiétude :) Vous n'allez pas me les marchander, hein ? Deux mille livres *cash*, voilà mon prix !

L'inspecteur Mordaunt, amené dans le but de sténographier les déclarations du prisonnier, bouillait d'impatience. Le superintendant, par contre, paraissait, à son habitude, médiocrement intéressé.

— La police, dit-il citant mot à mot un passage des affiches vermillon placardées sur tous les murs de la ville, restera seule juge de l'importance des renseignements fournis et de la récompense qu'ils méritent. Maintenant, monsieur Marsh, si vous préférez vous taire, libre à vous ! Je dois toutefois vous rappeler encore que tout citoyen dissimulant des faits de nature à amener l'arrestation d'un criminel sera considéré comme complice dudit criminel.

Toby Marsh eut un rire vulgaire :

— Ça va !... Si je doutais vraiment de toucher mes deux mille livres, vous pourriez toujours m'accuser d'avoir volé l'aiguille de Cléopâtre...

Il avait visiblement triomphé de ses dernières hésitations.

— Prêt, Mordaunt ? demanda Strickland.

— Prêt, dit Mordaunt.

Toby Marsh les regarda d'un air amusé, puis se renversa sur son siège, les pouces aux entournures de son gilet :

— Inutile, je suppose, de vous rappeler que Mr Smith a commis son dernier crime avant-hier, vers 19 heures, dans Sutton Street ? Bon. Ce soir-là, je traversais Soho Square quand deux hommes me passèrent littéralement sur les pieds. Ils marchaient l'un derrière l'autre, mais le premier paraissait ignorer qu'il était suivi. On l'eût ignoré à moins ! Le second ne faisait pas plus de bruit qu'un spectre.

— Un instant ! intervint Strickland. Avez-vous vu sa figure ?

Toby Marsh secoua la tête :

— Non, mon prince ! Il portait un long waterproof dont le col relevé lui dissimulait le bas du visage et le brouillard se chargeait de cacher le reste.

— Fort bien. Qu'est-il arrivé ensuite ?

— Je suis d'abord demeuré un moment sur place, comme un idiot. « Après tout, me disais-je, il n'y a rien d'extraordinaire à ce que deux types suivent le même chemin et à ce que l'un d'eux porte des semelles de crêpe ! » En dépit de quoi, je résolus de les filer à mon tour. Trop tard, hélas ! À peine avais-je fait cinq ou six pas que j'entendis comme un bruit de chute, ce fameux bruit sourd, vous savez bien, si longuement décrit par le constable Alfred Burt. Du coup, je me sentis des ailes ! Longeant les maisons et marchant sur la pointe des pieds, j'eus la chance de rattraper mon type au moment où il allait disparaître dans le brouillard. Par parenthèse, eussé-je conservé des doutes sur son identité que le cadavre étendu sur le sol me les eût ôtés...

Toby Marsh fit une courte pause pour jouir de son effet. Le sergent Guilfoil jurait entre ses dents et l'inspecteur Mordaunt écrivait avec une hâte fébrile.

— Naturellement, grommela Strickland, votre première idée fut d'appeler à l'aide ?

Toby Marsh lui jeta un drôle de regard. Il n'aimait pas qu'on lût trop clair en lui.

— Naturellement ! dit-il sans plus de conviction que son interlocuteur. J'ai pensé aussi à attaquer le type par-derrière, poursuivit-il en guettant du coin de l'œil les réactions du superintendant. Mais il était armé et moi pas ! J'ai donc conclu que la meilleure chose à faire était de le filer sans trahir ma présence. Si j'avais appelé, il n'aurait pas manqué de s'évanouir dans le brouillard, une fois de plus !... Mr Smith – puisqu'il faut le désigner par son nom – commença par suivre Charing Cross Road et Caroline Street. Il se retournait souvent, mais je le suivais d'assez loin pour que ma silhouette, à peine visible dans la brume, n'éveillât pas sa méfiance. À Bedford Square, il parut hésiter sur la direction à prendre. Il marcha d'abord vers le British Museum, puis revint vivement sur ses pas – je m'empressai de disparaître dans une encoignure de porte – et fit le tour du musée par Bloomsbury Street, Great Russell Street et Southampton Row. Sans doute répugnait-il à entrer directement chez lui ? Enfin, comme nous arrivions à la hauteur de l'Alexandra Hospital, je le perdis subitement de vue. « Bon, pensai-je en prenant mes jambes à mon cou, il n'a pu tourner que dans Russell Square ! »

— Et alors ? se hâta de placer Strickland.

— Alors, ça vaut-il deux mille livres, *gov'nor ?* triompha le narrateur. *L'assassin habite au 21 !*

Mordaunt et le sergent Guilfoil poussèrent un même juron expressif. Si Toby Marsh ne se trompait pas, on tenait Mr Smith !

Strickland, lui, ne dit rien. Non qu'il fût étonné d'apprendre que l'un des crimes de Mr Smith eût eu enfin un témoin. La chose devait se produire tôt ou tard.

Restait seulement à savoir *quand* elle s'était produite ! L'avant-veille, comme le prétendait le prisonnier ; ou plus tôt : par exemple, en cette soirée du 24 décembre où les coups de sifflet du constable Burt avaient alarmé tout un quartier, faisant un détective de chaque passant ? Le *super* connaissait assez Toby Marsh pour craindre qu'il n'eût tenté, avant de s'adresser à la police, de vendre son silence à Mr Smith. Dans l'affirmative, les renseignements – inestimables un mois auparavant – ne valaient plus rien aujourd'hui.

— Soyez franc, Marsh ! dit enfin Strickland. Pourquoi ne pas être venu à nous avant-hier soir ?

— Avez-vous jamais eu peur ? repartit l'aventurier en tirant une cigarette d'un paquet tout fripé. Moi, oui ! Une fois en possession du secret de Mr Smith, je ne pensai plus qu'à rentrer chez moi et m'y terrer comme un lapin ! (Il acheva en frissonnant :) Je crois bien que j'y serais encore aujourd'hui sans l'attrait des deux mille livres !

Strickland se leva :

— *All right !* Je souhaite pour vous que vous disiez vrai, Marsh, et que nous trouvions Mr Smith au nid… Mordaunt, téléphonez au *head quarters*[1] et prévenez Milroy. Je veux un cordon de constables autour de Russell Square avant une heure !

1. Quartier général.

Rendossant leurs cirés, les deux détectives se dirigeaient vers la porte quand Toby Marsh fit entendre une petite toux discrète.

— À propos, *gov'nor*... je crains d'avoir omis de vous signaler un détail...

Strickland, malgré qu'il en eût, se sentit envahi par une étrange appréhension.

— Vraiment ? grommela-t-il. Lequel ?

Toby Marsh se mit à rire :

— Je vous le donne en cent !... *Le 21, Russell Square, est une pension de famille* !

2
21, Russell Square

Mrs Hobson (Valérie), en jupon de taffetas mauve, s'approcha de la fenêtre et jeta un coup d'œil sur Russell Square encore endormi dans la paix du matin. Les lumières voilées des réverbères faisaient présager une nouvelle journée de brouillard, une journée, par conséquent, où le Dr Hyde n'ouvrirait pas la bouche mais où Mr Andreyew emplirait la maison de son rire éclatant…

Mrs Hobson acheva de s'habiller, fit son lit et quitta sa chambre dans un frou-frou de soie. Elle se levait toujours à 6 heures pour ouvrir les armoires, discuter menus avec la cuisinière, presser la femme de chambre.

La cage d'escalier était sombre, silencieuse, et il en montait une haleine froide comme celle d'un puits. Mais Mrs Hobson, encore qu'elle n'aimât rien tant que faire allusion à la fragilité féminine, se moquait bien de l'ombre et du silence !

— Bonjour, Daphné, dit-elle en pénétrant dans la cuisine, son trousseau de clefs à la main. Où est Mary ?

La cuisinière détourna péniblement ses cent kilos du fourneau qu'elle était en train d'allumer :

— Bonjour, ma'am. Elle dort encore, ma'am. Ces jeunesses-là, les *bagpipers*[1] n'arriveraient pas à les réveiller !

Mais l'argument demeura apparemment sans portée sur Mrs Hobson, car elle se dirigea aussitôt vers la porte :

— J'y arriverai, moi !… À propos, Daphné, n'avez-vous rien entendu cette nuit ?

— Cette nuit, ma'am ?

— Quelqu'un est descendu au rez-de-chaussée, vers 2 heures du matin, et n'est remonté qu'une heure et demie plus tard… Je voudrais bien savoir qui !

— Le Dr Hyde, sans doute, ma'am, ou Mr Collins. Il se plaint toujours de ne pouvoir fermer l'œil avant l'aube.

Mrs Hobson allait sortir. La cuisinière s'affola :

— Il ne reste plus de *kippers*, ma'am, et je ne sais quoi faire pour déjeuner. Que diriez-vous d'une *kidney pie*[2] ?

Mais Mrs Hobson, relevant ses jupes à deux mains, était déjà dans l'escalier. Elle montait

1. Joueurs de cornemuse.
2. Tourte aux rognons.

vite, posant le pied au milieu des marches pour ne pas troubler le repos de ses pensionnaires. Au second étage, cependant, devant la chambre de Mr Andreyew, elle ralentit le pas. On percevait un arôme de *navy cut* jusque sur le palier.

« Il a encore dû fumer la moitié de la nuit, pensa Mrs Hobson, et s'endormir la fenêtre fermée. »

Ses réflexions intérieures s'arrêtèrent là, mais elles entraînaient une conclusion qui n'avait pas besoin d'être formulée pour réchauffer son cœur :

« Il lui faudrait une femme qui le comprît ! »

Se baissant, elle prit la paire de souliers disposée devant la porte (Mrs Hobson nettoyait toujours elle-même *ces souliers-là*) et monta à la mansarde de Mary.

De la petite femme de chambre, tournée vers le mur et couverte jusqu'aux yeux, on ne voyait qu'une masse de cheveux paille. Mrs Hobson ouvrit la fenêtre à tabatière et tendait déjà la main vers le lit lorsqu'une photographie occupant la place d'honneur sur la table de toilette, entre un peigne édenté et un coffret incrusté de coquillages, attira son attention. C'était celle d'un jeune homme endimanché fièrement campé devant un jardin à la française. Mrs Hobson s'en saisit et jeta un coup d'œil au verso. Le jeune homme, dont la main et l'orthographe se révélaient également hésitantes, y protestait de son amour en deux phrases enflammées.

— Bonjour, ma'am ! dit, à cet instant, une petite voix enrouée. Je crains de n'avoir pas entendu mon réveil…

Mrs Hobson se retourna, les joues en feu.

— Qu'est-ce que c'est que ça ? fit-elle pour toute réponse.

— Oh ! ça ?... C'est mon fiancé, ma'am...

— Depuis quand ?

— Depuis quatre jours. Je voulais vous prévenir, mais...

— Oui, vous avez oublié. (La voix de Mrs Hobson s'adoucit :) Il a l'air d'un brave garçon.

— Brave et beau, ma'am, comme vous pouvez le voir ! Toutes les filles en sont folles !

Mrs Hobson replaça la photo sur la table de toilette et empoigna les souliers de Mr Andreyew qu'elle avait posés à côté du « souvenir de Brighton ».

— Cela suffit, Mary ! dit-elle sévèrement. Je vous donne dix minutes pour vous lever et vous habiller.

Vers 7 heures, les pensionnaires les plus matinaux commencèrent de donner signe de vie et à 8, une appétissante odeur de bacon frit se répandit dans toute la maison.

Le premier – la première, plutôt – qui descendit, fut Miss Pawter. Avec sa jupe de tweed, son pull-over à col roulé, ses souliers plats et son visage ouvert, elle offrait le type de la jeune fille moderne pour qui le travail est un sport.

— Bonjour, Mrs Hobson ! dit-elle gaiement. Vous feriez bien de monter à l'étage. Votre présence y est impérieusement réclamée.

Mrs Hobson n'aimait guère Miss Pawter. Outre qu'elle lui trouvait plus de raison que de cœur, elle ne pouvait s'empêcher de voir en elle une rivale capable d'éclipser, par sa jeunesse, les plus rares vertus.

— Vraiment ? répondit-elle sans empressement. Par qui ?

— Par Mrs Crabtree et le major Fairchild. La première est dans la salle de bains et n'en veut pas sortir. Le second est dehors et y veut entrer. Je dois à la vérité d'ajouter qu'il jure comme un païen !

Mais Mrs Hobson ne parut nullement impressionnée par ce sombre tableau :

— Je me garderai bien d'intervenir ! Mrs Crabtree est de taille à se défendre toute seule. (Et revenant à la question qui la préoccupait depuis son réveil :) Ce ne serait pas vous, par hasard, que j'aurais entendue se lever au milieu de la nuit ?

— Dieu, non ! fit Miss Pawter. Je ne connais pas de meilleur somnifère que les *Statistiques pour servir à l'Histoire économique d'après-guerre*, de J.K. Brown. Or, comme j'en ai lu trois pages hier soir...

Mrs Hobson fronça le sourcil :

— Dois-je comprendre que vous vous êtes endormie en laissant votre lampe allumée ?...

— Oui. Mais rassurez-vous ! Mon sens inné de l'économie m'a inspiré le courage d'éteindre dix minutes plus tard... Ah ! voici Mr Crabtree ! Qui a remporté la victoire, finalement ?

Mr Crabtree était un petit homme timide – « et sournois », prétendait le major Fairchild – complètement dominé par sa femme. Bien qu'il fût chauve et rasé, il faisait songer à un gnome ravi à sa forêt natale.

— Bonjour, Mrs Hobson ! Bonjour, Miss Pawter ! dit-il en gagnant furtivement sa place.

— Eh bien ? insista Miss Pawter. Vous ne nous avez toujours pas répondu.

— Oh ! c'est juste ! Excusez-moi... Le major a dû lever le siège.

— Je m'en doutais ! exulta Miss Pawter. À propos, Mrs Hobson, que pensez-vous de ma dernière trouvaille ?... *Écrivez sans faute. Écrivez avec un stylographe H. C. Cautley !*

Miss Pawter travaillait au département publicitaire de l'I.B.C.[1] et soumettait chaque jour de nouveaux slogans à l'appréciation d'un chacun.

Mrs Hobson n'eut pas le loisir de répondre. Deux hommes – le Dr Hyde et Mr Collins – venaient de pénétrer dans la salle à manger. Le premier était grand et boitait. On le devinait, au premier coup d'œil, taciturne et misanthrope. Le second, plus petit, avait une figure toute ronde où le sourire semblait installé à demeure. Il y eut un nouvel échange de bonjours et la conversation devint générale.

Les derniers arrivés n'y participaient cependant que dans une faible mesure, l'un ne s'exprimant

1. *Insular Broadcasting Corporation.*

que par monosyllabes, l'autre étant affligé d'un fort bégaiement.

— 8 h 20 ! dit soudain Miss Pawter. Je file !

Comme la porte d'entrée se refermait sur elle, il se fit un grand remue-ménage dans l'escalier et trois nouveaux personnages franchirent le seuil de la salle à manger. Mrs Crabtree, vive et courtaude, venait en tête, suivie de près par un homme grand et maigre, au profil hardi, aux yeux clairs, et dont les cheveux noirs blanchissaient aux tempes. Le major Fairchild, rouge et congestionné, fermait la marche.

— Oh ! Mr Andreyew…

Mrs Hobson était déjà debout.

— Prendrez-vous votre porridge pour commencer ou bien… ?

Mr Andreyew s'empara de la main de son hôtesse, comme d'un bibelot précieux, et la porta à ses lèvres :

— Je n'en prendrai pas du tout, Mrs Hobson, mais je vous supplie de demeurer assise ! Je préviendrai Mary moi-même.

Mr Andreyew ne se prévalait d'aucune parenté, proche ou lointaine, avec le tsar de toutes les Russies, il n'avait jamais demandé qu'on lui préparât du *bortsch* et, s'il venait à siffloter un petit air, ce n'était pas *Les Yeux noirs* mais, plus simplement, *Lazy bones*. En dépit de quoi, il était slave jusqu'au bout des ongles.

Il gagna le vestibule, frappa dans ses mains, dit deux mots à Mary en lui caressant le menton et revint s'asseoir à droite de son hôtesse. Tout cela avec une grâce dansante qui ravit l'élément féminin.

— N'est-ce pas aujourd'hui, demandait précisément Mrs Crabtree, qu'arrive le nouveau pensionnaire ?

Mrs Hobson acquiesça :

— Je l'attends d'un moment à l'autre.

— Vous m'aviez bien dit qu'il était français ?... Je raffole des Français !

Le Dr Hyde sortit de son mutisme :

— Je doute que vous raffoliez de celui-ci ! Il a dépassé la cinquantaine, à ce qu'il paraît, et se propose de faire des recherches au British Museum. Ce n'est pas précisément excitant.

Mrs Crabtree s'agita sur sa chaise :

— Je n'ose comprendre ce que vous voulez dire, docteur Hyde ! N'oubliez pas que vous vous adressez à une honnête femme !

Las ! C'était plus que n'en pouvait endurer le major Fairchild.

— J'ai connu quelques honnêtes femmes ! déclara-t-il en reposant brusquement sa tasse. Aucune ne passait une heure dans sa salle de bains !

Mrs Crabtree, d'abord suffoquée, retrouva vite son sang-froid.

— Pour le savoir, répondit-elle perfidement, j'en déduis que vous avez dû les épier... comme vous m'avez épiée ce matin !

— Épiée ! éclata le vieil officier. Dites tout de suite que je regardais par le trou de la serrure !

— Ma foi, je ne jurerais pas que vous vous en êtes privé !

Le major repoussa sa chaise et Dieu seul sait ce qui serait arrivé si Mr Andreyew n'avait joué les diplomates :

— Je brûle de vous poser une question, major Fairchild ! Vous nous disiez l'autre jour que, lorsque vous teniez garnison à Nagpour…

Chacun poussa un soupir de soulagement et l'on n'entendit bientôt plus, accompagnant la voix puissante du major, qu'un bruit de fourchettes et de tasses heurtant les soucoupes.

La troisième pensionnaire de Mrs Hobson – Miss Holland – en profita pour occuper discrètement sa place au bout de la table. C'était une vieille fille qui se consolait d'une vie gâchée en écrivant des contes de fées pour des journaux enfantins et en recueillant des chats perdus qui la quittaient tous avec une même ingratitude.

— Peut-être apprendrai-je maintenant qui s'est levé au milieu de la nuit et a passé une heure et demie dans le petit salon à fumer des cigarettes ? dit Mrs Hobson comme le major, tenaillé par la faim, se décidait à suspendre un récit où grouillaient tigres du Bengale et serpents venimeux.

Son regard sévère faisait le tour de la table. Tout son monde était là, hormis Miss Pawter, déjà questionnée, et le Pr Lalla-Poor qui se levait rarement avant 10 heures.

Le souriant Mr Collins prit son élan :

— Je plai… plaide coupable ! Je… j'espérais ne réveiller per… personne !

— Ainsi, c'était vous ? constata froidement Mrs Hobson. Vous pourrez vous vanter de m'avoir fait peur ! J'ai pensé descendre, mais... (elle rougit)... j'étais en vêtements de nuit et m'attendais à vous voir remonter d'un instant à l'autre. Quelle mouche vous a piqué ?

— Ma dyspnée m'em... m'empêchait de fer... fermer l'œil. Alors...

— Je vous ai cependant donné le remède ! Il suffit d'appliquer une éponge froide sur l'épigastre avant de se coucher et de dormir sur le ventre.

— Dor... dormir sur le ventre me donne des cau... cauchemars !

Mais Mrs Hobson tenait à avoir le dernier mot :

— Parce que vous mangez trop !

— Là, vous êtes injuste ! intervint Mr Andreyew. Faites-nous de moins bonne cuisine, Mrs Hobson, et nous mangerons moins !

Comme il achevait, on sonna à la porte d'entrée.

— Eh, voici Mr Jekyll ! dit le Dr Hyde, prévenant ainsi une innocente raillerie en faveur à la Pension Victoria.

— Je crois plutôt que c'est M. Julie ! dit Mrs Hobson.

Elle se leva et on l'entendit accueillir, dans le vestibule, un visiteur qui s'exprimait dans un anglais hésitant.

L'arrivée d'un « nouveau » est toujours attendue avec intérêt, où que ce soit. Aussi chacun avait-il les yeux braqués vers la porte quand Mrs Hobson reparut en compagnie de M. Julie.

— Permettez-moi de vous faire faire la connaissance de mes hôtes, disait-elle. Voici Mrs Crabtree... Miss Holland... Le major Fairchild... Mr Andreyew... Le Dr Hyde... Mr Collins... Mr Crabtree...

M. Julie n'arrêtait pas de saluer, tout en semblant déplorer un malheur connu de lui seul. Sa barbiche poivre et sel, ses cheveux rares, ses yeux saillants, ses vêtements étriqués, tout en lui était triste.

— Il y a encore Miss Pawter et le Pr Lalla-Poor, acheva Mrs Hobson. Vous les verrez au déjeuner.

Alors M. Julie crut devoir sourire et cela lui donna l'air désespéré.

— *Il portait sa fin sur la figure !* devait déclarer le soir même Mrs Crabtree, devant son cadavre.

3
Maison cernée

À peu près à la même heure, dans un bureau sévère donnant sur Victoria Embankment, sir Christopher Hunt, *Chief Commissioner of Police*[1], ayant à sa droite le sous-commissaire Prior, écoutait impatiemment l'inspecteur en chef Strickland lui faire le récit de son entrevue avec Toby Marsh.

— Abrégez, Strickland ! fit-il soudain. Que vous a finalement appris cet individu ?

— Il prétend s'être trouvé dans Sutton Street avant-hier soir et avoir pris Mr Smith en filature, reprit Strickland, imperturbable.

— Jusqu'où ?

— Jusqu'aux abords de Russell Square. Là, Mr Smith aurait subitement disparu... Toby Marsh affirme néanmoins être arrivé à temps pour le voir pénétrer au n° 21.

Sir Christopher se contraignit au calme :

1. Titre équivalant à « préfet de police ».

— *Well !* Qu'avez-vous fait ?

— J'ai prié l'inspecteur Mordaunt, qui m'accompagnait, de téléphoner au superintendant Milroy, afin qu'il réunît immédiatement un nombre suffisant de constables pour isoler Russell Square.

— Personne, à l'heure qu'il est, ne peut donc ni entrer au 21, ni en sortir ?

— Au contraire, sir Christopher. Vous ne trouveriez pas un constable dans un rayon de deux cents mètres.

Le commissaire en chef réprima un sursaut.

— Je ne comprends pas ! grommela-t-il et, en dépit de ses efforts, sa voix contenait une obscure menace.

— À peine l'inspecteur Mordaunt avait-il téléphoné, expliqua Strickland, que Toby Marsh me fournit un nouveau renseignement d'une extrême importance. Le 21, Russell Square, m'apprit-il, était une pension de famille.

— *Damn' !*

— Dans ces conditions, j'estimai devoir modifier mon plan et donner contre-ordre à Milroy.

— Un instant ! intervint sir Christopher. La maison est-elle surveillée, *oui ou non ?*

— Elle l'est, monsieur. Mais par des inspecteurs en civil, non par des constables.

— Et vous leur avez donné l'ordre de laisser ses occupants aller et venir librement ?

Strickland l'admit.

— Mais c'est de la folie ! éclata sir Christopher. Mr Smith peut leur glisser entre les doigts à tout instant !

Nullement ému, le *super* alla à sa poche et en retira une liste qu'il posa devant le commissaire en chef.

— Voici les noms des inspecteurs chargés de la surveillance, dit-il d'un ton léger. Jetez-y un coup d'œil, si vous voulez bien. Vous constaterez qu'on peut se fier à eux.

Sir Christopher repoussa rageusement la liste.

— Je m'en moque ! Comment ! Vous avez la chance inespérée d'apprendre où se terre Mr Smith et la seule idée qui vous vienne à l'esprit, c'est de faire surveiller discrètement son repaire ? Discrètement... Mais vous devriez être là-bas, en train de fouiller leur passé à tous jusqu'à la troisième génération !...

Strickland fit mine de se lever :

— C'est votre avis, monsieur ?

Il était si calme, et si sûr de soi en même temps, que sir Christopher s'apaisa brusquement :

— Voyons, Strickland, expliquez-vous ! Je vous connais assez pour savoir que vous n'avez pas agi de la sorte sans une sérieuse raison.

— Merci, monsieur. J'avais d'abord songé, tout comme vous, à me rendre au 21, Russell Square, et à faire subir un interrogatoire en règle à tous ses occupants. Il me semblait impossible que l'assassin – même si ce nom de Smith est un pseudonyme – réussît à nous tromper longtemps. Et puis je me suis dit qu'il n'y aurait pas un pensionnaire sur dix capable de me fournir des alibis convenables. Pensez donc ! Le premier crime a eu lieu le 10 novembre de l'année dernière, et le dernier soixante-dix-sept jours plus tard exactement. Pourriez-vous me répondre si je vous demandais à brûle-pourpoint ce que vous faisiez le 18 novembre, à 9 heures du soir ?

— Probablement pas, admit le commissaire en chef. Mais, en l'occurrence, un unique alibi – puisqu'il s'agit d'une série de crimes commis par un même individu – peut être considéré comme une preuve formelle d'innocence.

— À supposer que nous arrivions à écarter la moitié des pensionnaires – et rien n'est moins sûr –, comment découvrir notre homme parmi les autres ?

— Il y a l'arme du crime. Mr Smith doit la garder sur lui ou dans sa chambre.

— Il ne commettrait pas cette faute, monsieur. Je suis plutôt tenté de penser qu'il la dissimule dans un endroit où tous les pensionnaires ont accès.

— Ce Toby Marsh n'a-t-il pas précisé l'heure où il a vu rentrer Mr Smith ?

— Si. Il était – déclare-t-il – 19 h 20 environ.

Sir Christopher grogna et Strickland poursuivit :

— Je saisis votre pensée, monsieur. Vous vous demandiez s'il ne serait pas possible d'interroger plus spécialement les habitants du 21 sur l'heure de leur retour, avant-hier soir. Mais, dans une pension, tout le monde – ou à peu près – rentre à l'heure du dîner.

— Naturellement, vous êtes certain que Mr Smith habite au 21, qu'il n'y est pas allé voir un ami ? interrogea à son tour le commissaire adjoint.

— On peut affirmer qu'il y habite, monsieur. Toby Marsh l'a vu ouvrir la porte avec une clef.

Comme ses chefs gardaient le silence, Strickland conclut :

— Tel est le défaut de la méthode directe. Si elle ne nous permet pas d'aboutir immédiatement, elle aura pour premiers effets d'alerter le criminel et de l'inciter à se tenir tranquille.

— Ce serait déjà un résultat ! dit le commissaire adjoint.

— Oui... mais accessoire ! grommela sir Christopher. Ce qu'il nous faut, c'est l'homme !

Strickland approuva :

— S'il nous échappe maintenant, il quittera un jour la Pension Victoria et recommencera ailleurs sa sinistre besogne. Il vaudrait encore mieux...

Le *super* se tut, effaré lui-même par ce qu'il allait dire. Mais ses interlocuteurs l'avaient compris – leurs regards durs le lui apprirent – et aucun d'eux ne protesta.

— Exposez-nous votre plan ! fit sir Christopher.

Strickland soupira :

— Je n'ai malheureusement pas de plan, à proprement parler. Avez-vous réfléchi que si nous découvrions même, par une sorte de miracle, qui est Mr Smith, nous ne pourrions l'arrêter, faute de preuves ?...

Le *super* baissa la voix :

— Je suis d'avis d'attendre.

Sir Christopher détestait ce mot.

— Attendre ! s'écria-t-il. Attendre quoi ?...

— Mr Smith est faillible tout comme un autre, dit encore Strickland de la même voix honteuse. Mais il importe, avant tout, qu'il ne se sache pas surveillé !

Il y eut un nouveau silence que sir Christopher rompit brutalement :

— Impossible ! Tout à fait impossible !... Il ne sera pas dit qu'un homme seul aura fait échec à Scotland Yard ! Si vous n'avez rien d'autre à nous proposer, mieux vaut la méthode directe ! Votre avis, Prior ?

Le sous-commissaire s'agita sur sa chaise :

— C'est-à-dire... Ce qu'il faudrait, c'est un observateur dans la place.

Sir Christopher frappa des deux poings les accoudoirs de son fauteuil :

— *Good Lord !* Vous avez mis dans le mille !... Aviez-vous songé à cela, Strickland ?

Le *super* eut un sourire forcé :

— Oui, monsieur. La chose est tentante mais, je le crains, irréalisable.

— Pourquoi ?

— Parce que nous éveillerions ainsi la méfiance de Mr Smith !

— Pas nécessairement.

— J'ai peur que si, monsieur. N'oubliez pas que la maison est cernée et que mes hommes ont pour mission de ne jamais lâcher d'une semelle aucun pensionnaire homme, où qu'il aille. Ce sont des as de la filature, je le veux bien. Néanmoins

Mr Smith aura vite remarqué la surveillance dont il est l'objet. S'il conserve des doutes – et je m'arrangerai pour qu'il en conserve en changeant, chaque jour, les inspecteurs postés autour de la maison –, l'arrivée d'un nouveau pensionnaire ne manquerait pas de lui dessiller les yeux.

Sir Christopher eut un mouvement d'humeur :

— C'est juste ! Qu'avez-vous à répondre à cela, Prior ?

— Ceci : je ne pensais pas à un *nouveau* pensionnaire *mais à quelqu'un qui serait déjà dans la place* !

— Qui ?

— À nous de choisir !

Sir Christopher interrogea Strickland du regard.

— L'idée est bonne, admit le *super*. Mais croyez-vous qu'une femme consentirait à jouer ce rôle, après tout dangereux ?

— Nous ne sommes pas obligés de nous adresser à une femme. Parmi les hommes, il doit s'en trouver au moins un qui, pour une raison ou une autre, ne saurait être Mr Smith. Reste à le découvrir et à le pressentir.

— Aléatoire, monsieur ! *A priori*, tout homme habitant au 21 peut être Mr Smith, quelles que soient les apparences.

Sir Christopher intervint :

— La première chose à faire, Strickland, serait de dresser une liste des habitants de la pension et…

— Voici leurs noms, monsieur. J'ai chargé ce matin un constable d'interroger Mrs Hobson, la propriétaire, sous prétexte de recensement.

— Bravo ! dit sir Christopher dont le visage s'était subitement éclairé.

Il étala la liste sur son sous-main et invita d'un signe l'*assistant-commissioner* et le superintendant à rapprocher leurs sièges.

— Quelle espèce de femme est cette Mrs Hobson ?

— Une maîtresse femme, monsieur, s'il faut en croire Watkins. Grande, plutôt forte, énergique, vous voyez ce que je veux dire ?

Sir Christopher fit une grimace. Il le voyait d'autant mieux que le signalement eût pu s'appliquer en tout point à lady Hunt.

— Mrs Crabtree et Mr Crabtree..., lut-il en tête de liste. À propos, l'un d'entre vous s'est-il jamais demandé si Mr Smith était marié ?

Non, ni le commissaire adjoint ni le superintendant n'avaient envisagé cette possibilité.

— Mr Andreyew..., continua sir Christopher. Un Russe, naturellement ?

— Oui... et vous vous souviendrez sans doute que l'on a prétendu, après ces deux crimes commis la veille de Noël, que Mr Smith ne devait pas être anglais...

— Autrement dit, nous tenons notre suspect numéro un ! Est-il grand et solide ?

— Je le crois, monsieur.

Sir Christopher revint à sa liste :

— Le Dr Hyde... Encore un suspect, je parie ?...

— Oui, monsieur. Le Dr Hyde ne professerait plus depuis plusieurs années et tout le monde semble ignorer d'où il vient.

— Le major Fairchild... Ancien officier de l'armée des Indes, hein ?

Sir Christopher commençait à s'amuser :

— Je doute qu'il soit notre homme !... Restent Mr Collins et le Pr Lalla-Poor. Qu'est-ce que c'est que ça ?

— Une sorte de prestidigitateur hindou, dont le nom était, il y a quelques semaines, à l'affiche du *Coliseum*. Quant à Mr Collins, il placerait des appareils de radio.

Sir Christopher souligna ces deux noms comme il avait souligné ceux de Mr Crabtree, de Mr Andreyew et du Dr Hyde.

— Décidément, fit-il, je ne vois guère que les femmes et le major Fairchild qui...

— Je vous demande pardon, monsieur, interrompit Strickland. La liste devrait porter un nom de plus, car Mrs Hobson attendait, ce matin, un nouveau pensionnaire.

— Qui ça ?

— Un Français du nom de Julie.

Sir Christopher et le sous-commissaire échangèrent un regard éloquent.

— Inutile de chercher plus loin ! décida le premier. Pressentez M. Julie, Strickland. Voilà l'homme qu'il nous faut.

— Croyez-vous, monsieur ? Il est professeur d'égyptologie au Collège de France.

— Raison de plus !

Le *super* allait sortir. Sir Christopher le rappela.

— Vous aviez raison, Strickland ! reconnut-il loyalement. La méthode indirecte est la meilleure. Mais recommandez bien à vos hommes de se montrer le moins possible.

— Comptez-y, monsieur, dit Strickland.

À la Pension Victoria, un homme était debout dans le salon de lecture. Il se tenait tout contre une fenêtre dont il écartait le rideau entre deux doigts et regardait au-dehors en gardant une stricte immobilité. « *Déjà !* » pensait-il.

Il y avait eu ce *bobby* qui, deux heures plus tôt, était venu interroger Mrs Hobson sous un prétexte ridicule. Il y avait ces hommes qui se promenaient dans le square d'un air faussement détaché.

Il y avait, enfin, son instinct qui ne le trompait jamais.

La maison était surveillée.

4
Les rois de Thèbes

Vous trouveriez difficilement deux personnes considérant un pays ou une ville sous le même angle. Ainsi, Londres… Pour les uns, cela signifie Piccadilly Circus et son bouquet d'enseignes lumineuses ; pour les autres, une maison amie de Bloomsbury ou de Belgravia ; pour d'autres encore, Rotten Row et ses amazones, Chelsea et ses quais balayés par le vent.

Pour M. Julie, Londres, c'était le British Museum. À vrai dire, quand il avait décidé de traverser le *Channel*, la capitale de l'Angleterre l'attirait moins que l'ancienne Égypte.

Aussi, sa dernière bouchée de pudding avalée, s'informa-t-il, auprès de Mrs Hobson, s'il fallait tourner à droite ou à gauche pour atteindre Great Russell Street et prit-il la porte en homme qui craint de manquer le train. Il avait écrit, de Paris, au conservateur afin d'être autorisé à consulter, le jour même de son arrivée, les ouvrages qui l'intéressaient.

En pénétrant dans le musée, il fut tenté de jeter un coup d'œil aux collections. Mais mieux valait différer cela que l'étude de J.K. Stark-Harding ! Courant à la bibliothèque, il remplit une fiche et alla s'installer entre un vieux monsieur faisant la sieste et un jeune couple dont Shelley rapprochait les têtes blondes.

Il était trop absorbé pour remarquer le manège d'un homme entré un instant après lui et qui, dédaignant les quelque deux millions de volumes mis à sa disposition, ne craignit pas de tirer de sa poche un roman policier.

La salle de lecture ferme à 6 heures. À 6 heures moins une, M. Julie se sépara à regret de *Méiamoun et les Hittites* et quitta le musée, suivi d'un cortège d'ombres royales portant le pectoral et la mitre.

Il n'avait pas fait dix pas dans la rue qu'une main – celle de l'homme au roman policier – se posait sur son bras :

— Monsieur Julie ?... Inspecteur Beard, de New Scotland Yard. (Une pause. Puis :) Je dois vous prier de me suivre.

M. Julie, sur le moment, se crut l'objet d'une grossière méprise. Il bredouilla :

— Vous suivre !... Où cela ? Pourquoi ?...

L'inspecteur appela un taxi dont il ouvrit la portière.

— Ordre du commissaire en chef, répondit-il sobrement. (Et comme son « client » émettait une timide protestation :) Vous êtes bien monsieur Julie, professeur au Collège de France ?

— Oui. Mais…

— Dans ce cas, montez.

Le professeur rendit les armes.

— Après vous ! dit-il machinalement.

— Non, après vous !

Le trajet fut silencieux. L'inspecteur paraissait plongé dans une profonde rêverie – en fait, il ne pensait à rien – et M. Julie n'osa l'interroger.

Cependant, comme la voiture s'arrêtait, il s'agita :

— Que me veut-on ? Si c'est au sujet de mes papiers…

L'autre fit un signe négatif, régla le prix de la course et, sans même s'assurer qu'il était suivi, s'engouffra dans les sombres bâtiments de la police métropolitaine.

M. Julie lui emboîta le pas avec empressement. Maintenant qu'il avait une main dans l'engrenage, il n'aurait pas lâché son guide d'une semelle pour un empire.

Celui-ci monta au premier étage, obliqua à gauche, puis à droite, puis encore à gauche, pour s'arrêter enfin si brusquement que M. Julie alla donner de la tête dans son dos puissant.

L'instant d'après – l'inspecteur ayant frappé à une porte et une voix brève ayant crié d'entrer –, le professeur se trouvait en présence d'un grand homme maigre aux traits accusés qui s'inclina courtoisement à sa vue :

— Monsieur le Professeur Julie ? Prenez un siège, je vous prie. Mon nom est Prior et je suis *assistant-commissioner*.

M. Julie s'assit sur l'extrême bord d'une chaise.

— Je m'excuse, reprit son interlocuteur, de la façon un peu cavalière dont je vous ai convoqué dans ce bureau. Mais le temps pressait et je n'avais pas le choix des moyens !

Il joignit les doigts, croisa les jambes et, regardant le professeur avec intérêt, interrogea tout à trac :

— Vous n'êtes pas sans savoir qui est Mr Smith ?...

M. Julie ouvrit des yeux ronds :

— De quel Smith voulez-vous parler ? Je me suis laissé dire qu'il existe à Londres plusieurs milliers de Smith...

Robert Prior – Robin, pour ses intimes – se pencha en avant :

— *Je veux parler du Smith qui, en l'espace de onze semaines, a tué sept personnes pour les voler*.

— Parfaitement ! dit M. Julie. (Il toussota.) Je dois avoir lu quelque chose là-dessus ces jours derniers.

— N'en doutez pas ! Les journaux sont pleins du récit de ses crimes, crimes auxquels nous avons vainement cherché jusqu'ici à mettre un terme.

— Une sorte de Jack l'Éventreur, en somme ? suggéra M. Julie.

Son attitude ne laissait subsister aucun doute sur ses sentiments : il compatissait.

— Si vous voulez ! À cette différence près que Mr Smith paraît parfaitement équilibré... Permettez-moi maintenant de vous poser une question plus directe. À supposer que vous vous trouviez nez à nez dans la rue avec Mr Smith, que feriez-vous ?...

— Ma foi, je... Pareille rencontre est assez improbable. J'imagine que...

— Vous appelleriez à l'aide ?

M. Julie n'avait nullement envisagé cette solution. Il n'en saisit pas moins la perche qu'on lui tendait :

— Naturellement, oui ! J'appellerais à l'aide !

— C'est fort courageux de votre part ! souligna le sous-commissaire. Et si vous partagiez le gîte de Mr Smith ?

— Si je... ? La chose paraît plus improbable encore, n'est-ce pas ?

— Je précise. Admettez que vous habitiez la même pension de famille que lui ?

— Dans ce cas, je déménagerais !

Ce n'était pas exactement la réponse qu'espérait Robin. Il s'efforça néanmoins de n'en rien laisser voir.

— Mais vous ne voulez pas dire... ? s'inquiétait déjà le professeur.

— Si !

Un temps.

— Impossible de conserver le moindre doute là-dessus. Mr Smith habite, tout comme vous, au

21, Russell Square. Un témoin l'y a vu rentrer, son dernier crime commis.

M. Julie tira de sa poche un mouchoir à carreaux et s'épongea le front :

— Mais c'est affreux ! Il existe des milliers de pensions de famille à Londres et il a fallu que je choisisse celle-là !

Le sous-commissaire se permit un sourire :

— Croyez-vous à la Providence ? Moi, oui. Car vous êtes le seul homme capable de nous aider.

— De vous aider !

— Voici comment. Nous savons que Mr Smith a élu domicile au 21, Russell Square. Nous ignorons, par contre, sa véritable identité. Nous manquons également de preuves pour l'arrêter. Ces preuves, nous comptons sur vous pour nous les fournir.

— Sur moi ?...

Le sous-commissaire inclina la tête :

— Tout agent que nous enverrions au 21 éveillerait forcément la méfiance du criminel. Vous pas ! Vous arrivez de France, on ne peut vous soupçonner d'avoir la moindre accointance avec Scotland Yard. Selon les propres termes de sir Christopher Hunt, vous êtes l'homme qu'il nous faut !

Des divers sentiments qui agitaient M. Julie, l'indignation l'emporta :

— Chacun son métier ! J'ai quitté Paris pour achever un ouvrage qui doit faire date dans l'histoire de l'égyptologie : *Les Rois de Thèbes...* Non pour traquer des assassins !

— Nous ne vous demandons rien d'extraordinaire ou de bien dangereux. Il vous suffirait d'observer les pensionnaires de Mrs Hobson et de nous fournir un rapport quotidien. Vous voyez ce que je veux dire : l'heure à laquelle ils sont sortis, celle à laquelle ils sont rentrés, les principaux propos échangés par eux au cours des repas, etc.

— En un mot comme en cent, vous souhaitez que je vous serve d'indicateur ?

Le sous-commissaire parut choqué :

— Je n'aurais pas dit cela. Considérés dans leur ensemble, les crimes de Mr Smith présentent la gravité d'un problème social. Partant, ils ne sauraient vous laisser indifférent.

M. Julie puisa dans sa peur le courage d'être ferme. Il se leva :

— Vous vous trompez. Semblable affaire regarde strictement la police.

Robin se résigna à jouer ses atouts :

— Voyons, monsieur le professeur... Dois-je évoquer les liens d'amitié qui unissent nos deux pays, la mutuelle assistance qu'ils se prêtent depuis trente ans ? Dois-je insister sur le fait... (le sous-commissaire pesa ses mots)... que vous rendriez à la police anglaise un service que le gouvernement – outre l'attribution d'une prime importante – saurait reconnaître comme il convient ?...

M. Julie parut favorablement impressionné par ce dernier argument. Il se voyait déjà retrouvant ses collègues, la boutonnière fleurie d'un nouveau ruban. Mais cela ne dura pas.

— Je... Je réfléchirai ! dit-il. Je parle fort mal l'anglais et...

— Vous le parlez et l'entendez suffisamment pour surprendre, à l'occasion, quelque phrase de nature à compromettre son auteur ou à aiguiller nos recherches. Notez que le 21 est cerné par la police. Vous n'auriez qu'un mot à dire, un geste à faire, si vous vous trouviez dans une situation… difficile, pour qu'on volât à votre secours.

M. Julie se rapprochait insensiblement de la porte.

— Je réfléchirai ! répéta-t-il. L'étude de J.K. Stark-Harding et de Cellier me prendra bien huit jours, l'examen des collections quatre ou cinq. Or, mon congé…

Le sous-commissaire se leva à son tour, contournant son bureau à petits pas, de crainte de précipiter la fuite de son interlocuteur :

— Désolé d'insister. Il me faut une réponse sur l'heure. Le meurtrier – s'il n'est surveillé – peut nous glisser entre les doigts à tout moment, tuer encore…

— Je réfléchirai ! dit M. Julie.

Il rentra en taxi, ressassant mentalement le discours du sous-commissaire. Plus il approchait de Russell Square, moins il le trouvait convaincant.

Dans le vestibule du 21, le hasard le mit en présence de Mrs Hobson. Elle se dirigeait vers la cuisine. Il la retint :

— Je regrette beaucoup, Mrs Hobson, mais des circonstances indépendantes de ma volonté m'obligent à vous quitter.

— Ah ! Quand cela ?

— Je… Ce soir même.

Mrs Hobson n'en crut pas ses oreilles.

— Quelque chose vous a-t-il déplu ? s'informa-t-elle vivement.

— Non, non…

— Quelqu'un, peut-être ?

— Non, non ! dit encore M. Julie.

Et il courut boucler ses valises… en vue de son dernier voyage.

5
Onze à table

Quand la Princesse-en-Tulle apparut, chacun s'exclama. Elle faisait songer à quelque chose d'idéalement blanc : un flocon de neige, un cygne, un petit nuage. Sa duègne, seule, trouva matière à critique. « Trop de dentelles, princesse, dit-elle d'un air pincé. Trop de dentelles ! » Et le perroquet Johann de répéter aussitôt en allemand : « Zuviel Spitzen, Prinzessin ! Zuviel Spitzen ! »

Miss Holland referma le cahier d'écolier où elle écrivait à longueur de journée et releva ses doux yeux de myope. D'ordinaire, elle sollicitait l'avis de Mrs Hobson. Mais, ce soir, elle avait dû se rabattre sur le major Fairchild. Comme il tardait à se prononcer, elle parla la première :

— Cela ne vous plaît pas ?

Le major tortilla sa moustache.

— Dans l'ensemble, si ! Je n'aurais pas attaqué l'armée du général Kip par le flanc droit, mais c'est affaire d'appréciation. Où vous versez carrément dans l'invraisemblance, c'est en terminant. Je n'ai jamais entendu parler d'un perroquet polyglotte !

Miss Holland regarda le major avec incertitude.

— Un conte de fées manque toujours un peu de vraisemblance, s'excusa-t-elle, et Johann n'est pas un perroquet comme les autres.

— Il fallait le dire !... Mais, à ce compte-là, vous pouvez raconter tout ce que vous voulez. Pourquoi ne sauterait-il pas à la corde, tant que vous y êtes ?

Miss Holland secoua doucement la tête :

— Cela nuirait au portrait que j'en trace par ailleurs.

— Vraiment ? dit le major. (La moutarde commençait à lui monter au nez.) Je n'en vois pas la raison ! S'il joue les interprètes, il peut tout aussi bien sauter à la corde ! C'est pour le moins aussi drôle.

Miss Holland n'était pas combative pour deux sous :

— Vous croyez ?

— Si je le crois !... Attendez que nous demandions l'avis d'un tiers.

La major se retourna lourdement, cherchant des yeux un auditeur complaisant. Il ne vit que le Dr Hyde plongé, comme à son habitude, dans le dictionnaire de médecine de Quain.

Mais battre en retraite lui parut peu digne.

— Une question, docteur Hyde ! dit-il rondement. Mettons que je vous raconte l'histoire d'un perroquet sautant à la corde. En ririez-vous ?

Le Dr Hyde haussa les sourcils :

— Cela dépend ! Dois-je comprendre qu'il s'agit d'un souvenir personnel rapporté de Nagpour ?...

Le major porta les mains à son col et l'on put craindre, un moment, pour sa santé.

— Trêve de plaisanteries, docteur Hyde ! dit-il enfin d'un ton sévère. Ce perroquet est l'une des *créatures* de Miss Holland et je... je...

La cloche du dîner, sonnant pour la deuxième et dernière fois, vint heureusement à son aide.

— Au diable, votre Johann ! acheva t-il en foudroyant du regard la malheureuse Miss Holland. Faites-lui parler turc, si vous voulez !

Les pensionnaires – les uns descendant de leur chambre, les autres encore engourdis par le froid du dehors – arrivaient de toutes parts.

Il ne manqua bientôt plus que M. Julie et le Pr Lalla-Poor.

— Je ne sais si nous devons attendre M. Julie..., commença Mrs Hobson.

Mais elle s'interrompit : les deux retardataires entraient de compagnie.

Pour mieux dire, le Pr Lalla-Poor – grand et mince, vêtu d'un habit impeccable, brun de peau, le front ceint d'un turban jaune – parut jaillir du plancher. Puis il salua. Et l'on vit le chétif égyptologue marcher dans son sillage.

— Mon rond de serviette ! s'écria, à ce moment, Miss Pawter. Que personne ne sorte ! On m'a pris mon rond de serviette !

Tous les regards convergèrent vers la même personne.

— Soyez gen… gentil, professeur ! dit Collins. Ren… rendez-le-lui !

Car s'il était de tradition, à la Pension Victoria, de parler constamment, au Dr Hyde, de « son ami Jekyll », il était également de tradition de réclamer au Pr Lalla-Poor, prince des magiciens, tout objet disparu.

— Naturellement, je ne l'ai pas ! repartit l'Hindou de sa voix grave et pathétique. Naturellement, si je l'avais, il serait déjà devenu tourterelle !

— Ou cochon d'Inde ! grommela le major.

Les manières doucereuses du prestidigitateur lui portaient sur les nerfs.

— Ou cochon d'Inde ! admit aimablement l'Hindou.

Mary entra, portant un énorme plat fumant, et chacun se mit à bavarder avec ses voisins les plus proches. La curiosité soulevée par le nouveau pensionnaire s'était fortement atténuée. Aussi parvint-on au dessert sans que M. Julie eût à vanter les beautés de son cher Paris. Il s'en félicita. Les paroles du sous-commissaire résonnaient encore à ses oreilles ; de se savoir assis à la même table qu'un criminel lui enlevait tout appétit. Peut-être eût-il dû renoncer à ce dîner ? Non, entouré comme il l'était, il ne courait aucun danger…

Mrs Hobson, cependant, ne le quittait pas des yeux.

« Quelle mouche l'a piqué ? se demandait-elle sans se lasser. Je lui ai donné l'une de mes meilleures chambres. Il semblait ravi de loger à deux pas du musée. Il n'a pas discuté le prix de la pension... »

Sa préoccupation ne pouvait échapper longtemps à Mr Andreyew :

— Des ennuis, Mrs Hobson ?

— Non, non ! répondit-elle machinalement. (Un mauvais démon la poussa. Elle haussa le ton :) Ou plutôt, si ! J'ai une triste nouvelle à vous annoncer. M. Julie nous quitte, à peine arrivé. Il s'en va tout à l'heure.

Un concert d'exclamations et de questions plus ou moins vives s'éleva. Pourquoi ce départ précipité ? M. Julie avait-il été rappelé par les siens ? Ou Londres lui déplaisait-il ?

Mrs Hobson vit avec un secret contentement le petit homme rougir et se troubler.

— Pour moi, dit-elle soudain, sans se donner le temps de la réflexion, M. Julie a peur de nous !

— Cette idée ! se récria Mrs Crabtree, souriant de son air le plus engageant. Sommes-nous donc si effrayants ?

— Voulez-vous mon avis ? intervint Mr Andreyew. (Ses longues mains fines parurent s'envoler.) M. Julie n'a pas peur de nous... mais de Mr Smith !

Il se fit un brusque et profond silence. Les crimes de Mr Smith étaient un sujet de conversation condamné à la Pension Victoria depuis qu'il avait donné lieu à une regrettable discussion entre le Dr Hyde et le major Fairchild. Il fallait être Mr Andreyew pour oser l'aborder.

M. Julie avait posé couteau et fourchette.

— Que voulez-vous dire ? balbutia-t-il, livide.

— Mon cher monsieur !... (Le Russe était tout sourires.) Vous n'allez pas prétendre ignorer qui est Mr Smith ?

M. Julie se contraignit au calme :

— Il s'agit d'un adroit criminel, n'est-ce pas ?

— Dites : du plus adroit que Scotland Yard ait jamais eu à combattre. Il a fait sept victimes en deux mois et demi.

M. Julie estima prudent de manifester quelque curiosité. Il ne fallait pas qu'il parût trop bien informé sur le compte de Mr Smith.

— Co... comment opère-t-il ? questionna-t-il d'une voix blanche.

Et son regard sautait, terrifié, de visage en visage. Lequel était celui du tueur ?...

— Il erre dans le brouillard, expliqua complaisamment Mr Andreyew, suit un promeneur à pas de loup, le rejoint dans un endroit désert, lève le bras...

— Ce que je ne comprends pas, interrompit fort à propos Miss Pawter, c'est comment votre assommeur parvient à distinguer les passants nantis d'argent de ceux qui logent le diable dans leur bourse.

— Il se fie aux apparences, j'imagine !

— Elles doivent le décevoir souvent.

— Aussi se rattrape-t-il sur la quantité.

— Du tra... travail en série ! suggéra Mr Collins.

— Exactement ! (Mr Andreyew alluma une cigarette.) Il n'y a, pour s'en convaincre, qu'à comparer les montants des vols. Mr Burmann, par exemple, quand il fut assailli le 10 novembre, venait de prélever cinq cents livres sur son compte en banque. Mr Derwent, par contre, douze shillings et six pence. Ça fait une moyenne !

— Vous paraissez admirablement renseigné ! grommela le major.

— On pourrait l'être à moins.

— Compteriez-vous Mr Smith parmi vos amis ?

Le Russe, se renversant sur son siège, eut un rire éclatant. « Un vrai rire de cosaque ! » pensa le major.

— Mieux que cela ! Je suis Mr Smith !...

— Dieu du ciel ! (Mrs Hobson, toute pâle, avait porté la main à son cœur.) Je regrette d'avoir à vous le rappeler, Mr Andreyew ! Mais il est des sujets qui ne souffrent pas la plaisanterie !

Le Russe n'allait pas laisser échapper une aussi bonne occasion de baiser la main de son hôtesse.

— Pardonnez-moi ! fit-il en donnant les signes de la plus sincère contrition. Ce sont, par malheur, les seuls dont j'aime à rire.

M. Julie, lui, incapable d'en entendre davantage, s'était élancé vers la porte. Sur le seuil, il se retourna.

— Excusez-moi, bredouilla-t-il, mais il est grand temps que je m'en aille. Avez-vous pensé à préparer ma note, madame Hobson ?

— Mary va vous la porter dans un instant.

On se leva de table et la plupart des pensionnaires, passant au salon, firent cercle autour de la lampe. Mr Andreyew prit dans un tiroir un curieux ouvrage de broderie sur canevas auquel il travaillait une heure chaque jour.

« Rien de tel pour vous purger l'esprit ! » répondait-il aux railleurs. Le major Fairchild accapara les journaux du soir et Mrs Crabtree commença une réussite exigeant trois jeux de cinquante-deux cartes et qu'elle n'achevait pas une fois sur dix. Mr Crabtree obtint la permission de regarder.

Au bout d'un quart d'heure, Miss Pawter se leva.

— Je suis fourbue ! dit-elle. Bonsoir, tout le monde ! Dormez bien.

À peine était-elle sortie qu'elle rouvrit la porte et passa la tête par l'entrebâillement :

— *Dormez sur les matelas Swanson-Harris !*

Miss Holland ne tarda pas à la suivre. Elle passa par la cuisine réclamer un peu de lait pour son dernier protégé – un chat blanc tombé du ciel avec le soir –, puis monta chez elle et la chanson que chacun attendait s'éleva, suppliante :

Stop ! You're breaking my heart…

Comme d'autres achètent un aquarium parce qu'ils ont un poisson rouge, Miss Holland avait acheté un phonographe pour lui faire jouer et rejouer ce disque unique.

Vers 9 heures un quart, Mrs Hobson, étonnée que M. Julie n'eût pas encore quitté la maison, pénétra dans sa chambre.

Elle le trouva assis, les bras étendus sur une petite table et la tête reposant sur les bras.

Il avait un couteau planté dans le dos.

6
« S-m-i-t-h, Smith ! »

— Allô !

— L'*Evening Post* ? Passez-moi la rédaction, je vous prie !

— Qui parle ?

— Mr Miller.

— Un instant !

— Allô !

— Rédaction de l'*Evening Post ?*

— Oui. Qui parle ?

— Mr Smith *!* S-m-i-t-h, Smith ! Envoyez un reporter à la Pension Victoria, 21, Russell Square. J'y habite et viens d'y tuer un drôle de petit savant.

— Qu'est-ce que… ? Allô ! Allô !… *Good heavens*, Johnny, c'était un type qui se vante d'être Mr Smith, d'habiter dans Russell Square – au 21, je crois – et d'y avoir commis un crime !

— Laisse tomber. On s'est payé ta tête.

— *Daily Telegraph…*

— Un de vos lecteurs à l'appareil. Je désire communiquer avec la rédaction.

— À quel sujet ?

— Affaire personnelle.

— Un moment, s'il vous plaît !

— Rédaction du *Daily Telegraph*...

— Envoyez un reporter à la Pension Victoria, 21, Russell Square. Mr Smith – qui y habite – y a fait ce soir sa huitième victime.

— Qui parle ?

— Mr Smith en personne.

— Oh ! Mr Smith... Ici, le chancelier de l'Échiquier !... Comment allez-vous, vieille branche ?... Allô !... Allô !...

— *Night and Day*, j'écoute.

— Passez-moi le secrétaire de rédaction... Mr Miller à l'appareil.

— Un moment, je vous prie.

— Allô !

— Le secrétaire de rédaction ?

— Le voici... Pour vous, Percy !

— *God damn and*... Allô ! Qui est là ?...

— Mr Smith ! S-m-i-t-h, Smith ! Je tiens à vous prévenir que je viens de commettre un crime – mon huitième – à la Pension Victoria, 21, Russell Square.

— *God damn*... Ne quittez pas ! Vous avez bien dit : Pension Victoria, 21, Russell Square ?

— Oui. J'y habite, d'ailleurs.

— Vous... Quoi ?...

— J'y habite. Un mot encore. Consacrez-moi la première page de votre journal et je vous enverrai peut-être, un jour, mes mémoires.

— Je vous consacr… Allô ! Allô !… Paul, téléphonez immédiatement à Lawson. Mr Smith m'annonce qu'il s'est rendu coupable d'un nouveau meurtre.

— Vous plaisantez ?

— *God*… J'ai dit : « Téléphonez immédiatement ! » À cette heure, Ginger doit être chez Miss Standish, en train de lui réciter du Swinburne dans un décor crème et argent.

7
Charmante soirée

Le Pr Lalla-Poor, la nuque reposant contre le dossier de son fauteuil, la lumière de la lampe tombant en plein sur ses paupières baissées, gardait une immobilité de statue. Mr Collins, au contraire, assis sur l'extrême bord de la chaise, paraissait prêt à bondir à la moindre alerte. Le Dr Hyde penchait un front impénétrable vers son dictionnaire de médecine. Mrs Hobson pressait contre ses lèvres un mouchoir imbibé d'eau de Cologne et son regard posait, malgré elle, à chacune des personnes présentes, la même pressante question. Le major Fairchild allait et venait à grands pas, les mains derrière le dos. Mr Andreyew avait abandonné son ouvrage de broderie pour parcourir le *Times* et Mrs Crabtree, tout en poursuivant machinalement sa réussite, jetait des regards courroucés à son mari qu'elle avait accoutumé de rendre plus ou moins responsable de tous les méfaits commis par ces brigands d'hommes.

Aucun son ne franchissait leurs lèvres. En revanche, ils prêtaient l'oreille au moindre bruit provenant de l'étage.

La police était dans la place depuis vingt minutes environ et des pas lourds ébranlaient le plancher de la chambre du mort.

La chambre du mort ! Mrs Hobson n'y put tenir davantage :

— Je n'arrive pas à comprendre ! Lui qui était si vivant au dîner, si inoffensif d'aspect... Pauvre M. Julie !

— Vous l'avez déjà dit ! grommela le major.

Cette imprudente réflexion provoqua l'indignation de Mrs Crabtree :

— J'avais toujours pensé que vous manquiez de cœur, major Fairchild ! L'expérience prouve que je ne m'étais pas trompée !

— J'ai autant de cœur que n'importe qui ici et probablement plus que vous ! repartit le major en arrêtant tout net sa promenade autour de la table. Néanmoins j'évalue les choses – y compris la vie humaine – à leur juste prix. N'oubliez pas que j'ai passé vingt-deux ans aux Indes et...

— Comment pourrions-nous l'oublier ? Vous nous le rappelez cent fois par jour !

Mr Andreyew posa son journal :

— De grâce, cessez de vous quereller ! Nous ferions mieux de commencer à nous demander qui est l'assassin.

— N'est-ce pas l'affaire de la po... police ? questionna Mr Collins.

— Sans doute... Mais c'est aussi la nôtre !

— Pour… pourquoi ?

— Du propre aveu de notre aimable hôtesse, nulle personne étrangère à la maison n'a pu s'introduire ici au cours de la soirée… Concluez vous-même !

— Vous ne voulez pas dire… ? commença Mrs Hobson.

Le Dr Hyde l'interrompit de sa voix froide et mordante :

— Andreyew a raison. *L'assassin est forcément l'un d'entre nous !*

— Docteur Hyde !

— Vous nous insultez ! cria le major.

Le docteur ricana et l'on entendit des pas nombreux descendre l'escalier.

— En ce cas, apprêtez-vous à être insulté par tous les *busies* en train de fouiner là-haut ! Ils ont dû arriver, maintenant, aux mêmes conclusions.

Comme il achevait, un inspecteur entra et dit :

— Le superintendant Strickland s'oppose à ce que quiconque quitte cette pièce avant d'avoir été interrogé par lui.

Il s'effaça pour laisser passer Miss Holland et Miss Pawter qui, déjà couchées, avaient dû, visiblement, se rhabiller à la hâte.

— Quant à moi, je suis chargé de demander à chacun d'entre vous l'emploi de son temps depuis le dîner.

— Et alors ? dit Strickland.

Le Dr Hancock referma les yeux du mort dont il venait d'examiner la sclérotique, ôta son lorgnon et en frotta les verres à l'aide d'une petite peau de chamois extraite de son gousset :

— Que désirez-vous savoir ?

— À quand remonte le crime ? d'abord.

— L'interrogatoire des habitants de cette maison devrait vous fixer là-dessus. À mon avis, il a été commis entre 8 et 9 heures, probablement vers 8 heures et demie.

— Mort instantanée ?

— J'ai tout lieu de le penser.

Strickland désigna l'arme du crime que le spécialiste en empreintes digitales maniait avec précaution :

— Vous devez connaître ça ?

Le Dr Hancock remit son binocle :

— Assurément. C'est l'un de ces couteaux acérés connus, en chirurgie, sous le nom de *catlins*.

— Difficiles à se procurer, hein ?

— Pour qui n'appartient pas à la Faculté, oui.

Strickland planta là le docteur.

— Des empreintes, Harris ?

— Pas la moindre, monsieur. Le coupable a dû essuyer l'arme et ne la toucher que ganté.

— Permettez…, grommela le Dr Hancock. (Il s'approcha du coin de lavabo où le bistouri était posé et se plia en deux pour le mieux voir.) La nature de l'arme, dit-il en se redressant, m'incline à penser que votre homme s'est servi de gants médicaux en caoutchouc fin. Retournez la maison s'il le faut, Strickland, mais trouvez-les ! Ils peuvent conduire leur propriétaire à la potence.

— Comment cela ?

— Les glandes d'un homme se trouvant sous l'empire d'une forte émotion – colère, peur, désir homicide – sécrètent plus abondamment et les pores situés aux extrémités des doigts distillent une sueur acide. Celle-ci a peut-être marqué les gants *à l'intérieur.*

— *Okay, doc* !

Strickland interpella le photographe qui rangeait ses appareils :

— Terminé, John ?

— Oui, monsieur.

— Combien de photos ?

— Huit.

Le mort était, maintenant, assis tout de travers. Strickland se pencha sur lui et fouilla ses poches. Il en retira un mouchoir à carreaux, un agenda portant des annotations en français, un vulgaire crayon muni d'un protège-pointe, un trousseau de clefs, un canif, de la menue monnaie anglaise et française, une boîte de pastilles pour la toux.

Comme il reprenait ses recherches dans l'espoir de découvrir le portefeuille de la victime, un bristol tomba sur le tapis.

« Bon ! pensa-t-il en le ramassant vivement et en y jetant un coup d'œil. Le crime est signé ! »

Un esprit froid eût pu jusque-là se demander si – par une remarquable coïncidence – le 21, Russell Square n'abritait pas deux criminels s'ignorant l'un l'autre. La carte de visite de Mr Smith et le vol du portefeuille réduisaient cette hypothèse à néant.

— Par quelle chambre commencerons-nous la perquisition ? interrogea l'inspecteur Fuller.

Le regard de Strickland tomba sur le « catlin » souillé de sang :

— Par la chambre voisine. Celle du Dr Hyde.

L'inspecteur Mordaunt s'était installé dans le salon de lecture donnant sur la rue. Après avoir consigné les réponses de Mrs Hobson, de Miss Holland et de Miss Pawter, il fit comparaître le major Fairchild.

Le vieil officier entra à pas décidés, les pointes de ses moustaches menaçant l'ennemi.

— Pardonnez-moi une curiosité toute professionnelle, major Fairchild, dit aimablement Mordaunt. Qu'avez-vous fait, depuis le dîner ?

Le major jura entre ses dents :

— Rien ! Trois fois rien !... À moins que vous ne considériez la lecture du *Times* comme une occupation sérieuse !

— Dois-je comprendre que vous n'avez à aucun moment quitté le salon du fond ?

— Ni le salon ni mon fauteuil ! L'aurais-je fait que mes titres devraient me mettre à l'abri de vos soupçons.

— Toutes mes excuses, major Fairchild ! Vous seriez le dernier à me reprocher d'obéir strictement à mes chefs.

Le major se radoucit :

— Voilà qui est parler, jeune homme ! Je puis vous donner un fameux coup d'épaule, ne l'oubliez pas !

— Vraiment, monsieur ! Peut-être avez-vous remarqué certaines choses qui ont échappé à d'autres ?

— Pour ne pas les remarquer, il aurait fallu se boucher les yeux et les oreilles ! Au dessert, Mr Andreyew s'est vanté d'être Mr Smith et le Dr Hyde a prétendu, il y a moins d'un quart d'heure, que le meurtrier de M. Julie se cachait parmi nous !

— Intéressant. L'un ou l'autre pensionnaire – Miss Holland et Miss Pawter exceptées – s'est-il éloigné du salon, au cours de la soirée ?

Le major se mit à tortiller pensivement sa moustache :

— Attendez !... Mr Collins est monté à sa chambre, chercher, s'il faut l'en croire, un paquet de cigarettes... Andreyew nous a également quittés, je ne sais plus pour quel motif... Mrs Crabtree a chargé son mari de lui rapporter les trois paquets de cartes à jouer servant à ses sottes réussites... Enfin, le saltimbanque et le docteur ont dû aller et venir aussi... Quant à vous dire pourquoi ! Peut-être avaient-ils tout simplement la bougeotte ?

— Qui désignez-vous par « saltimbanque » ?

— Le Pr Lalla-Poor. Il s'appellerait en réalité Brown ou Miller et serait né à Putney que cela ne m'étonnerait pas autrement ! Je lui ai adressé la parole en hindi, en gujarati et en pendjabi... Il n'y a compris goutte !

L'inspecteur se confondit en remerciements et Mr Andreyew succéda au major.

— Ne nous sommes-nous pas déjà rencontrés ? demanda Mordaunt.

— J'en doute.

— Votre voix ne m'est pourtant pas inconnue.

Mr Andreyew tendit à l'inspecteur son étui à cigarettes ouvert :

— Vous m'aurez entendu au *Capitole*, à l'*Empire* ou dans quelque autre cinéma. Je retrouve l'accent de mes pères pour doubler les acteurs russes dans les versions anglaises de films étrangers. Peut-être vous souvenez-vous de *L'Hirondelle* ? Je parlais le rôle du grand-duc.

— C'est cela ! s'écria Mordaunt. Et vous doubliez Pierre Avila dans *La Couronne perdue* ! Permettez-moi de vous exprimer mon admiration.

— Merci beaucoup. Vous avez aimé *La Couronne perdue* ? Moi pas. C'était faux, d'un bout à l'autre.

— Excepté, peut-être, la scène finale...

— Trop optimiste. Les amours d'été meurent avec l'été.

Mordaunt se souvint avec ennui de sa mission.

— Le cinéma a dû vous familiariser avec nos méthodes, dit-il jovialement. Vous ne m'en voudrez donc pas de vous demander si vous êtes sorti du salon au cours de la soirée.

— Je l'ai quitté pendant quelques minutes.

— Pour quoi faire ?

— Je n'en sais trop rien moi-même ! L'immobilité me pesait. La compagnie des autres pensionnaires aussi, pour être franc. Cependant, je n'avais nulle envie de sortir. Je suis donc monté chez moi, dans l'espoir de trouver à m'y occuper. Mais mon courrier était à jour, les radiateurs chauffaient mal. Au bout d'un moment, je me résignai à redescendre.

— Pendant que vous vous trouviez en haut, vous n'avez rien entendu ?

— Il ne me semble pas… Non, rien…

— Et vous n'avez croisé personne dans l'escalier ?

— Non… C'est-à-dire, si ! Mr Collins entrait dans la salle de bains, à l'entresol, comme je redescendais.

— Quelle heure était-il ?

— Ça, je l'ignore !… Nous avons quitté la table à 8 heures moins le quart… Miss Pawter et Miss Holland sont montées se coucher vers 8 heures… Le major Fairchild est sorti du salon…

Mordaunt sursauta :

— Vous en êtes certain ?

— Absolument. L'aurait-il nié ?

— Non, non ! dit machinalement l'inspecteur. Après ?

Le Russe soupira :

— Comment voulez-vous que je me souvienne ?… Mr Collins a réclamé sa camomille, puis… J'y suis !… Mrs Crabtree éprouve le besoin de nous faire remarquer l'heure indiquée par sa propre montre chaque fois qu'une pendule vient à sonner… Je l'entends encore dire : « Je vous assure qu'il est 35, ma chère ! » comme je quittais le salon.

— Un bon point, monsieur Andreyew. Qui se trouvait dans la pièce à ce moment-là ?

— Eh bien… Mrs Hobson, Mrs Crabtree, Mr Crabtree, le major Fairchild…

— Il était donc revenu ?

— Oui, son absence a duré sept ou huit minutes au plus… Il y avait encore notre ami le fakir, le Dr Hyde… Non, pas le Dr Hyde !… Je vous jure que je ne sais plus !

— Peu importe, Mr Andreyew ! Vous m'en avez suffisamment appris. Il me reste à vous interroger sur un point plus délicat. Vous vous seriez vanté au dîner d'être Mr Smith… Reconnaissez-vous le fait ?

— Naturellement.

— Quelle raison a pu vous pousser à tenir ces propos ?

Mr Andreyew fit entendre son rire de cosaque :

— Prenez pension ici pendant trois jours, mon cher, et nous verrons ce que *vous*, vous aurez envie de leur dire !

Mordaunt regardait attentivement son interlocuteur.

— Je comprends ! répondit-il enfin. Voudriez-vous m'envoyer le Pr Lalla-Poor ?

— Volontiers. À propos, je suppose que vous tenez à votre alliance ?

— Ma femme y tient, dit Mordaunt.

— Cachez-la dans vos chaussettes, alors ! Lalla-Poor a changé la mienne en couvre-théière !

— Voici la trousse, dit Fuller.

Strickland tendit la main :

— Donnez. (Il l'ouvrit et la passa au Dr Hancock.) Qu'a-t-on enlevé, à votre avis, *doc* ?

Un compartiment vide partageait par le milieu une rangée d'étincelants bistouris.

— *Un catlin !* dit Hancock.

8
Entre huit et neuf

Le Dr Hyde entra sans se presser, son dictionnaire de médecine sous le bras :

— Bonsoir, messieurs ! (Il promena un regard ironique sur les armoires béantes, le lit défait, les tiroirs ouverts.) Comment trouvez-vous mes pyjamas ?... Mes préférences vont au vert amande.

Strickland, qui masquait la table de son dos puissant, y prit un objet enveloppé dans un linge.

— Bonsoir, docteur Hyde ! dit-il de son ton le plus officiel. J'ai le devoir de vous prévenir que vos réponses pourront servir de charges contre vous... Reconnaissez-vous ceci ?

S'il espérait troubler ainsi son interlocuteur, il fut déçu.

— Rien ne ressemble à un bistouri comme un autre bistouri... Votre air solennel m'incline toutefois à penser que celui-ci m'appartient.

— Le crime a été découvert vers 9 h 10. Nous sommes arrivés ici à la demie. Prétendriez-vous n'avoir pas eu la curiosité de jeter un coup d'œil sur le corps dans l'entre-temps ?

— J'ai vu le corps… et l'arme ! Mais l'état de Mrs Hobson réclamait des soins urgents et les vivants m'intéressent plus que les morts. J'ai pensé que si le bistouri provenait de ma trousse, vous le découvririez toujours assez tôt !

— En somme, vous niez être l'auteur du meurtre ?

— Mettons que je joue le jeu ! S'il faut en croire certaine tradition, la première personne soupçonnée est rarement le coupable.

Strickland fronça le sourcil. Le persiflage du Dr Hyde compliquait sa tâche.

— Qui, dans cette maison, connaît l'endroit où vous serrez votre trousse ?

— Mais tout le monde, j'imagine ! Je n'en fais pas mystère.

— Possédez-vous des gants chirurgicaux en caoutchouc ?

— Oui. Une paire, à la vérité assez usagée. Aurait-elle disparu ? Elle voisinait avec ma trousse dans le tiroir de l'armoire à glace.

Strickland ignora la question :

— Qu'avez-vous fait, après le dîner ?

— Je me suis mis de l'ouate dans les oreilles et, ainsi protégé du bavardage de Mrs Crabtree, j'ai rafraîchi mes souvenirs sur l'évolution de l'œdème facial.

— Si la société des autres pensionnaires vous était désagréable, pourquoi ne pas la fuir ?

— Je me le demande ! Au fond, je dois craindre la solitude.

— Avez-vous quitté le salon entre 8 et 9 ?

— Oui. Pendant une dizaine de minutes.

— Pour aller où ?

— Dans la chambre de M. Julie.

Le Dr Hancock poussa une exclamation, mais Strickland se contenta d'interroger posément :

— Quelle heure était-il ?

— Je n'en ai pas la moindre idée.

— Je veux croire que la victime était encore vivante à ce moment-là ?

Le Dr Hyde haussa les épaules :

— Elle l'était !... Elle l'était même doublement si l'on admet que la souffrance est inhérente à la condition humaine ! Je montais chez moi pour y prendre un cahier contenant quelques observations cliniques personnelles quand M. Julie sortit de sa chambre. Il était blême et s'adossait au chambranle de la porte. Je lui demandai s'il ressentait quelque malaise et il m'appela par signes auprès de lui. Il souffrait, me confia-t-il, d'insuffisance cardiaque et le tour pris par la conversation au dîner l'avait bouleversé au point qu'il redoutait de s'évanouir. Je mesurai sa pression vasculaire. La syncope n'était pas à craindre. Par contre, je diagnostiquai un collapsus. Je fis étendre mon homme et allai chercher dans ma chambre un remède que je lui recommandai de prendre incontinent.

— Quelle sorte de remède ?

— Un comprimé à base d'amines supérieures... Le seul qui me restât.

— Était-ce bien indiqué en pareil cas ? intervint le Dr Hancock.

— Oui et non. J'aurais souhaité lui administrer quelque chose de plus énergique. Mais ma provision de médicaments tire à sa fin.

— Vous voudrez bien remettre au Dr Hancock le tube ou la boîte où vous avez puisé, dit Strickland.

Le Dr Hyde s'approcha de l'appui de la cheminée et y prit une petite boîte ronde :

— La voici. Je vous préviens, toutefois, que le produit est normalement livré dans une autre, de dimensions moins réduites.

— Qu'en avez-vous fait ?

— Je l'ai jetée quand elle fut aux trois quarts vide, me contentant de recopier la formule des comprimés sur le couvercle de celle-ci.

— La formule seulement ?

— Ma foi, oui ! Ces spécialités portent des noms si barbares qu'il vaut mieux s'empresser de les oublier.

— Fâcheux ! Votre médicament... inconnu entre-t-il dans la catégorie des somnifères ?

— C'est un analeptique.

— Mais M. Julie a pu s'endormir après l'avoir absorbé ?

Le Dr Hyde, d'un geste, exprima son ignorance.

— Avez-vous recommandé à la victime de dissoudre le comprimé dans un liquide quelconque ?

— Non. Je l'ai posé devant elle, sur la table, et je suis parti.

— On peut, néanmoins, supposer qu'elle l'aura avalé dans de l'eau ?

— Supposez ce que vous voudrez ! Je n'ai pas le don de divination du Pr Lalla-Poor !

Strickland avait griffonné quelques mots sur un bout de papier qu'il passa, plié en deux, au Dr Hancock. Ce dernier lut et fit un signe d'assentiment. Le billet était ainsi conçu :

Rechercher trace du médicament à l'autopsie.

— Pour parler franc, reprit Strickland, je ne distingue pas la raison qui vous a poussé à vous intéresser au sort de M. Julie. Vous n'exercez plus la médecine, paraît-il ? Je veux dire : vous en avez perdu légalement le droit ?

— D'où tenez-vous cela ?

— Je l'ai appris dans le courant de l'après-midi. Je sais en outre que vous avez été condamné à une peine de *hard-labour*[1].

— Ainsi, vous commencez à enquêter avant même que les crimes soient commis ?

Strickland se mordit les lèvres. L'heure n'était pas venue de jouer cartes sur table et d'imputer publiquement le meurtre à Mr Smith. Londres eût crié – non sans apparence de raison – à l'impuissance de sa police.

— Répondez à ma question ! Vous n'êtes pas homme à céder à la pitié. Alors ?

Le Dr Hyde redressa sa haute taille :

— Erreur ! C'est pour avoir eu pitié d'une femme que j'ai gâché ma vie.

---

1. Travaux forcés.

À ce moment, on frappa à la porte et l'inspecteur Beard entra :

— J'ai découvert le portefeuille de la victime, monsieur. Mais vide.

— Où cela ?

— Dans un coin de la cour.

— On l'y aura jeté d'une fenêtre. Du travail pour Harris. Du moins, je l'espère !

Beard allait sortir. Strickland le rappela :

— Fouillez-moi de nouveau la chambre de M. Julie. Je veux que vous me trouviez un comprimé grand comme un penny. Je veux savoir aussi si la victime s'est servie de son verre à eau.

Beard acquiesça et alla se jeter contre son camarade Storey qui traversait le palier à grandes enjambées.

— Je remonte du sous-sol, dit Storey. Daphné, la cuisinière, a, vers 8 h 45, senti une odeur de caoutchouc brûlé provenant du calorifère.

Les gants ! Telle fut la pensée qui se présenta aussitôt à l'esprit de Strickland.

— Combien de pensionnaires se sont approchés de la chaudière ?

— Trois, monsieur, à ma connaissance.

— Lesquels ?

— Miss Holland, d'abord, qui, vers 8 heures, a réclamé à Daphné une assiette de lait pour son chat. Ensuite, le Pr Lalla-Poor. Il aurait obtenu de Mrs Hobson l'insigne faveur de loger dans le grenier une famille de lapins blancs et les gaverait de salade, matin et soir. Enfin, Mr Collins. Mary s'est cognée à lui, vers 8 h 35, comme il regagnait le rez-de-chaussée. Il semblait confus – m'a-t-elle dit – et s'est excusé de façon inintelligible.

— Très bien ! Faites-le entrer dans la chambre du crime et retournez-moi son matelas et le reste.

Le Dr Hyde, assis sur le bras d'un fauteuil, contemplait le plafond.

— À propos de Collins..., dit-il négligemment. Il a voulu voir ma trousse après le déjeuner.

Ignorant de ce qui se passait à l'étage, l'inspecteur Mordaunt achevait d'interroger le Pr Lalla-Poor :

— Ne vous croyez pas obligé de répondre à cette question, professeur. J'aimerais cependant apprendre de quelle contrée de l'Inde vous êtes originaire.

Le prestidigitateur répondit sans hésiter :

— De Sirsa, naturellement.

— Sirsa... Dans le Bengale ?

— Le Pendjab.

— Curieux ! Le major Fairchild vous aurait – selon lui – adressé la parole en pendjabi et vous ne lui auriez pas donné la réplique attendue.

Pour la première fois, un sourire entrouvrit les lèvres minces de l'Hindou :

— Je ne l'aurais naturellement pas pu, inspecteur.

— Pourquoi ?

— Bienheureux l'homme mûr sujet à l'illusion ! Le cher major *croit* qu'il parle pendjabi !

9
« Il b... »

— Vous nous avez fait demander, inspecteur ?

— Pas exactement ! dit Mordaunt en repoussant son siège. Je désire vous interroger séparément.

Mrs Crabtree n'en continua pas moins d'avancer d'un pas ferme :

— Vraiment, inspecteur ? Mon mari n'a pas de secret pour moi ! Vous vous exprimerez avec la plus grande franchise, Ernest.

— Certainement, chère amie.

Mordaunt s'arma de patience :

— Je crains de m'être mal fait comprendre. Je...

— Nous comprenons parfaitement ! Vous voulez savoir comment nous avons occupé notre soirée. Rien de plus naturel ! Mais vous perdriez une heure à faire parler Ernest ! Voilà dix-huit ans que je l'entoure de soins attentifs. Aussi a-t-il pris l'habitude de se reposer sur moi pour tout. Les hommes sont de grands enfants. Et aussi de terribles égoïstes ! Naturellement, ceci ne s'adresse pas à vous, inspecteur ! Vous paraissez tellement décidé, tellement fort ! Pour ce qui est d'Ernest, j'ai fait sa connaissance dans un grand magasin, au rayon des corsets. Il y réclamait un tube de savon à barbe. Je lui ai pris la main et je peux dire que je ne l'ai jamais lâchée depuis !...

Mordaunt retomba, accablé, sur sa chaise.

— Mr Crabtree... Avez-vous quitté le salon après le dîner ?

— Non..., balbutia Mr Crabtree. Je veux dire : si !

Puis il se tut.

Mrs Crabtree crut devoir l'encourager :

— Demeurez calme, Ernest. L'inspecteur ne vous mangera pas. Accordez-vous, s'il le faut, le temps de la réflexion. Mais, pour l'amour du Ciel, cessez d'ânonner !

— Parfaitement, chère amie.

Il y eut un silence gênant. Le petit homme rougissait et pâlissait tour à tour. Quant à Mrs Crabtree, elle était l'incarnation même du triomphe.

— Finissons-en ! dit-elle soudain. Je raffole des patiences, tout particulièrement de certaine réussite sud-américaine, dite « la cataracte ». En fait, voilà trois semaines que j'essaie de la mener à bonne fin. Chaque soir, vers les 8 heures, Ernest monte à notre chambre et m'en rapporte trois jeux de cinquante-deux cartes. Puis il s'assied près de moi et ne bouge plus. Il me regarderait des heures sans se lasser... Un double alibi parfait, n'est-ce pas ?

— Combien de temps votre mari est-il demeuré à l'étage ?

— Oh ! une dizaine de minutes tout au plus ! La femme de chambre – m'a-t-il expliqué – avait changé les cartes de place et il n'arrivait pas à mettre la main dessus.

Mrs Crabtree s'inquiéta :

— Vous n'allez pas le soupçonner, au moins ? Pauvre Ernest ! Souvenez-vous de l'endroit où il espérait se procurer du savon à barbe.

— Je ne l'oublierai pas de sitôt ! dit Mordaunt.

Dans la chambre du crime d'où l'on venait d'emporter le corps, Strickland, adossé à la cheminée, interrogeait Mr Collins :

— Quel a été votre emploi du temps depuis le dîner ?

— Je suis de... demeuré au salon en com... compagnie des autres pen... pensionnaires.

— Sans en sortir un moment ?

— Pour... pourquoi me de... demandez-vous cela ?

— Pour le savoir ! répondit Strickland, imperturbable. (Il crut devoir ajouter :) N'ayez pas peur. Parlez clairement.

Le trouble de Mr Collins s'accrut :

— Je le vou... voudrais bien ! Mais je bé... bégaie de nais... naissance.

— Vous m'en voyez navré.

Strickland affecta un bref embarras. Puis il revint à la charge :

— Que faisiez-vous à 8 h 35, dans l'escalier menant au sous-sol ?

— Je pré... préfère ne pas vous ré... répondre.

— Vous avez tort, Collins ! intervint cordialement le Dr Hyde. Chacun sait que vous chipez, chaque soir, une ou deux oranges sous le nez même de Daphné !

— Ce... ce n'est pas vrai !

— La chose restera entre nous. Profitez-en pour avouer.

Strickland eut un mouvement d'humeur :

— Pareille intervention est tout à fait inopportune, docteur Hyde ! Bornez-vous à répondre à mes questions... Quant à vous, Collins, il vaudrait certes mieux confesser un menu larcin que d'aggraver votre cas.

— Je crains de ne pas com... comprendre.

— Fort bien. Je m'explique. Nous avons acquis la double certitude que le meurtrier de M. Julie portait des gants et les a brûlés dans la chaudière. Si vous refusez de nous donner la raison de votre présence dans la cuisine, nous serons fondés à envisager sérieusement votre culpabilité.

— Mais je...

— Quand avez-vous quitté le salon et quand y êtes-vous rentré ?

— Je ne me ra... rappelle pas.

— Essayez ! Il y va de votre intérêt.

— Tant pis ! In... interrogez les autres si... si vous voulez !

— Ils ont parlé déjà.

— Que... qu'ont-ils dit ?

— Leurs témoignages concordent. D'après eux, vous vous êtes éclipsé de 8 h 25 à 8 h 40.

— Eh… eh bien, il faut les croire !

— Qu'avez-vous fait pendant ce quart d'heure ?

— Rien d'im… d'important ! Je suis allé dans ma chambre, puis dans… dans la cuisine.

— Je veux un récit circonstancié.

— C'est ri… ridicule ! Je ne me dou… doutais pas qu'un crime serait commis ! Je n'ai pas chro… chronométré mes allées et venues.

— Mais vous êtes monté chez vous dans une intention précise ?

— Oui et non ! Je ne me sou… souvenais pas des clients que j'a… j'avais à visiter demain. Je vou… voulais consulter mon agenda.

— Vous me paraissez étrangement sujet aux défaillances de mémoire. Et je ne vois pas pourquoi vous deviez savoir cela subitement ?

— Pour or… organiser ma tournée en pen… pensée.

— Soit ! Un simple coup d'œil sur votre agenda n'a pas dû vous prendre un quart d'heure.

— Non. Je… j'ai fumé une ci… cigarette en songeant à mes affaires, puis je suis descendu à la cui… cuisine…

— Dans quel but ?

Mr Collins devint rouge comme une pivoine :

— Vous m'hu… m'humiliez à plaisir ! Le Dr Hyde vous a dit pour… pourquoi !

Strickland jeta au docteur un regard noir :

— Vous nourrissiez donc le dessein de voler des fruits ?

— On ne peut pas ap... appeler ça vo... voler ! Mrs Hobson est plutôt re... regardante et mon ré... régime alimentaire exige que je con... consomme un jus d'orange chaque matin, avant le pe... petit déjeuner.

— L'idée ne vous est jamais venue d'acheter ce dont vous avez besoin ?

La voix mordante du Dr Hyde se fit entendre une fois encore :

— *Non possumus !* Si Mrs Hobson est regardante par nécessité, notre ami Collins l'est par inclination !

— Cela suffit, docteur Hyde ! Combien de fruits avez-vous pris, Collins ? Et lesquels ?

— Un... un seul ! (Les mots franchissaient à regret les lèvres du petit homme :) Une or... orange...

— Beard, ordonna Strickland, demandez à Storey s'il a trouvé une orange dans la chambre de Mr Collins.

L'inspecteur – qui furetait toujours de droite et de gauche dans le faible espoir de découvrir le comprimé prescrit à M. Julie – n'eut pas le temps d'obéir.

— Inutile ! Je l'ai man... mangée.

— Mangée ! Je pensais que vous conserviez les fruits dérobés à la cuisine en vue de les prendre à votre lever ?

— Tou... toute règle souffre des ex... exceptions !

— Fort bien. Vous n'avez pas mangé la pelure. Qu'est-elle devenue ?

Mr Collins promena autour de lui un regard égaré :

— Je l'ai je... jetée !

— Où ?

— Je... je ne sais plus !

— Quelques exercices mnémoniques ne vous feraient décidément pas de mal ! Où avez-vous consommé l'orange ?

— Su... sur place !... Et je... j'en ai brûlé les restes dans le ca... calorifère !

— Pour détruire toute trace de votre larcin ?

— Oui... Non... Ce fut un geste ma... machinal !

— On n'ouvre et on ne referme pas machinalement une chaudière, Mr Collins !

— Je n'ai pas eu à l'ou... l'ouvrir ! Le... la porte était mal jointe.

— Où se trouvait Daphné, à ce moment ?

— Au rez... rez-de-chaussée. En com... compagnie de Mrs Hobson.

— Admettons que vous disiez vrai ! N'avez-vous rencontré personne d'autre que Mary pendant que vous erriez dans la maison ?

— Per... personne.

— La chaudière dégageait-elle une odeur de caoutchouc brûlé ?

— Je... je ne sais pas. Je suis en... enrhumé.

Strickland demeura un moment silencieux. Son visage n'exprimait rien. Son regard gris, par contre, semblait vouloir percer à jour les pensées les plus secrètes de son interlocuteur.

— Vous êtes placier en appareils de radio, m'a-t-on dit ?

— Ce... c'est exact.

— Mais vous vous intéressez à la chirurgie ?

— Pas spé... spécialement.

— Pourquoi, dans ce cas, avez-vous demandé au Dr Hyde de vous montrer sa trousse après le déjeuner ?

Mr Collins sembla tomber des nues.

— Je ne sai... saisis pas. (Il tirait à l'arracher sur un bouton de son veston.) Je... j'étais dans ma chambre au dé... début de l'après-midi.

— *Good Lord !*

Le Dr Hyde quitta vivement la fenêtre par laquelle il contemplait les lumières de Russell Square :

— Nierez-vous être monté chez moi vers 2 heures ?

— Ce... certainement !

— *Damned liar*[1] *!* Je ne sais ce qui m'empêche de...

Strickland repoussa le docteur d'une main ferme :

— Inutile de vous indigner, docteur Hyde ! L'un de vous deux détient-il une preuve de ce qu'il avance ?

— N... non ! dit Mr Collins. Je... j'ai fait une courte sieste et...

Le Dr Hyde jura à voix basse :

1. Sacré menteur !

— Ne pouvez-vous vous fier à ma parole ? Dans quel but aurais-je forgé cette histoire ?

— L'arme du crime vous appartient. En l'occurrence, vous justifier équivaut à compromettre autrui.

— Ridicule ! Rien ne m'empêchait de subtiliser le catlin avant votre arrivée.

— Vous n'en auriez pas moins eu de la peine à expliquer sa disparition de votre trousse. Autant valait le laisser dans la plaie !

— On ne tue pas avec une arme qui, par sa nature, vous accuse formellement !

— Hasardeux, mais habile.

Le Dr Hyde répondit par un cri :

— J'ai votre témoin ! Andreyew gagnait sa chambre quand Collins est entré chez moi. Nous avons même échangé deux mots.

— Well...

Strickland regarda Collins. Le petit homme semblait livrer un dur combat contre lui-même.

— Je... j'avoue ! dit-il enfin, les yeux brillants. Vos ques... questions m'ont fait perdre le... la tête... Je me voyais dé... déjà arrêté... Je... j'ignorais la présence d'Andreyew dans l'es... l'escalier. (Il haussa le ton.) Mais je... je ne me souciais pas de la trousse ! Je ne dé... désirais que ba... bavarder un moment. La con... conversation s'est orientée vers la chi... chirurgie... Un point, ce... c'est tout !

Strickland allait parler. Le Dr Hyde, penché sur la table qui avait supporté le haut du corps de M. Julie, le devança :

— Avez-vous remarqué ceci, inspecteur ?

Strickland s'approcha. Un étroit tapis à franges avait été déplacé pendant l'enlèvement du corps et l'on distinguait sur le bois poli des griffes toutes fraîches disposées comme suit :

[img C009-001-B. tif]

— Curieux ! grommela Strickland. On dirait des lettres.

— Oui. Si Julie n'avait pas succombé sur le coup, on serait tenté de les lui attribuer.

Le Dr Hyde se baissa et se releva, tenant délicatement un crayon épointé :

— Ma parole, voici ce qui lui a servi de poinçon !

Strickland n'hésita plus :

— Attention aux empreintes !... Beard, allez me chercher Mrs Hobson et la femme de chambre. (Et comme elles entraient :) Sont-ce là des dégradations anciennes ou récentes ?

— Je les vois pour la première fois, dit Mrs Hobson.

Mary se montra plus affirmative encore :

— J'ai ciré la table ce matin. Elle était en parfait état.

Tous les regards convergèrent vers le Dr Hancock et Strickland posa la question attendue :

— M. Julie aurait-il réussi à disputer quelques secondes à la mort ?

— Personnellement, je parierais que non !

Strickland examina les griffes avec un surcroît d'attention :

— *Well*, vous perdriez !

— D'où vous vient cette certitude ?

— *Il* n'appartient pas au vocabulaire anglais, mais français... Incapable de nous désigner le meurtrier par son nom – rappelez-vous que la plupart des pensionnaires lui furent présentés hâtivement et en groupe – M. Julie aura voulu noter un détail typique – quelque particularité physique, j'imagine – permettant de l'identifier... Il se sera emparé du premier objet pointu à portée de sa main – ce crayon – et aura commencé une phrase interrompue par la mort : *il b*...

— Ce qui signifie, à votre avis ?

Strickland ne répondit pas.

Cependant dans son esprit, l'accusation était nette.

Elle se limitait à deux mots : *IL Bégaie*.

— Bonsoir, constable ! dit Ginger Lawson en entrant d'autorité. Vous ne me remettez pas ? Ginger Lawson, reporter à *Night and Day*. L'homme qui a retrouvé Lady Trevor-Mere chez les salutistes et démasqué le « Tigre de Lambeth »... Ôtez-vous de là, mon vieux !... Mr Smith m'attend !

10
Mr Smith = Collins

L'inspecteur Beard tira son supérieur par la manche.

— Oui, dit Strickland en se retournant.

— Je vous demande pardon, monsieur. Il y a en bas un... un... (Beard se jeta à l'eau :)... un reporter qui vous demande.

Strickland subodora la catastrophe.

— J'y vais ! dit-il simplement. M. Julie s'est-il servi de son verre à eau ?

— Je ne le pense pas.

— Et le comprimé, l'avez-vous trouvé ?

— Non. La victime a dû l'absorber sans boire.

Strickland était déjà hors de la pièce. Comment diable la nouvelle avait-elle pu transpirer ? Il atteignait l'entresol quand une voix joyeuse s'éleva du hall :

— Hello, *super* ! Je vous apporte mes lumières !

Strickland continua de descendre sans hâte, l'œil dur. Il allait falloir jouer serré...

— Bonsoir, Ginger. J'ai peur de ne pouvoir vous apprendre grand-chose maintenant. Nos recherches sont à peine commencées…

Lawson, d'une pichenette, repoussa son chapeau dans la nuque.

— À d'autres, *old fox* !

— Qui vous a prévenu ?

— Le coupable en personne ! Mr Smith le Magnifique ! « J'habite au 21, je vous enverrai mes mémoires »… Vous l'entendez d'ici.

« Touché ! » pensa Strickland. Il avait espéré cacher au public les dessous de l'affaire pendant quelques jours encore, conduire l'enquête comme une enquête ordinaire, et voilà que Mr Smith lui-même déjouait ses plans !

— Quand vous a-t-on téléphoné ?

— Vers les 9 heures et demie. Percy aurait été moins étonné d'apprendre le naufrage du *Queen Mary* !

Strickland pesa ses mots :

— Parlons franc, Ginger ! Êtes-vous homme à « la boucler », si je vous le demande ?

L'autre secoua la tête :

— Pas cette fois, mon vieux ! Malone me suit à la piste. Il vous tombera dessus avant cinq minutes, et tout Fleet Street avec lui !

— Je vois…, dit sombrement Strickland. Hallows !

Cela s'adressait au constable de garde à la porte d'entrée.

— Oui, monsieur.

— Si vous ouvrez encore à un seul reporter, je vous casse en deux !

— Bon, et moi ? dit Lawson.

— Vous êtes dedans. Vous y resterez !

— Mrs Hobson !

La porte, sous l'action d'un brusque courant d'air, claqua avec violence.

— Qui a téléphoné à Scotland Yard, le savez-vous ?

— Non. La sensibilité féminine s'accommode mal de certains spectacles. J'avais perdu connaissance et...

Le Dr Hyde daigna fournir à Strickland le renseignement désiré :

— Le major voulait s'en charger. Andreyew l'a devancé.

— L'un d'entre vous était-il à ses côtés quand il obtint la communication ?

— Oui, moi ! dit timidement Mary.

— Qu'a-t-il fait après avoir raccroché ?

— Mais... rien !

— Il n'a pas demandé de numéro pour son compte personnel ?

— Non. Il est remonté au premier.

— Où se trouve le téléphone ?

— Dans mon boud..., commença Mrs Hobson. (Elle se reprit, rougissante :) Dans mon bureau particulier, au fond du vestibule.

— De sorte que n'importe qui a pu – profitant de la confusion générale – y pénétrer subrepticement et se servir de l'appareil ?

— Naturellement. Mais…

Strickland n'écoutait plus :

— À nous deux, Collins ! Où étiez-vous, à 9 heures et demie ?

Le petit homme eut un geste de comique désespoir, un geste qui signifiait : « Dieu, cela recommence ! »

— Je… je ne sais pas ! bredouilla-t-il.

— En haut, avec les autres ? Ou en bas ?

— En… en haut, je suppose !

— Dans ce cas, vous n'aurez aucune peine à produire un témoin capable d'appuyer vos dires ?

— Si… Je… je crains que si… Nous étions trop affolés pour prê… prêter mutuellement attention à nos… nos faits et gestes. Moi-même je n'oserais jurer que tel ou tel est de… demeuré tout le temps près de… de moi…

Strickland grommela. Il avait l'impression de suivre un labyrinthe où les mêmes obstacles se représentaient à chaque tournant.

Par bonheur, l'intervention des journalistes l'autorisait à changer de tactique, à interroger désormais son homme, non plus sur les événements de la soirée, mais sur ceux des mois écoulés.

Il tira un calepin de sa poche, le feuilleta :

— Que faisiez-vous le 10 novembre de l'année dernière, à 11 heures du soir ?

— Co… comment voulez-vous que je me sou… souvienne ?

— Passiez-vous la soirée chez des amis ? Étiez-vous dans votre lit ? Ou loin de Londres ?

— Je… je ne sais plus ! Pour… pourquoi cette question ?

— Et le 12 du même mois, vers 5 heures de l'après-midi ?

— Je… je ne sais plus !

Strickland reprit espoir. Autant de : « Je ne sais plus », autant d'encouragements à poursuivre :

— Et le 18, vers 9 heures et demie du soir ?

— Je… je ne sais plus !

À peu près au même moment, l'inspecteur Fuller – chargé par Strickland de retrouver l'argent volé à la victime – eut une idée qui devait décider de sa carrière. « Le meurtrier, pensa-t-il, n'a pas dû cacher les billets chez lui, mais dans cette sorte de *no man's land* accessible à tous les habitants de la maison… » Il passait devant la salle de bains. Il y entra.

En dépit d'une propreté et d'un ordre irréprochables, on voyait tout de suite que quelqu'un s'était servi récemment du lavabo. L'inspecteur fureta de droite et de gauche, souleva le tapis éponge qui faisait une tache jaune sur le carrelage noir et blanc, inventoria le contenu d'une petite étagère en laqué. Il lui restait à accomplir un geste classique – enlever la bonde de la baignoire – et il n'eut pas plus tôt débouché l'orifice qu'il poussa un grognement de satisfaction. Un fil était noué au petit barreau s'opposant à l'intromission de corps solides dans le tuyau d'écoulement.

À l'aide d'une pince à épiler, trouvée sur un rayon de l'étagère, Fuller tira le fil à lui. Il éprouva quelque difficulté à dégager de l'ouverture l'objet ainsi pêché. Mais sa vue seule le récompensa de ses peines. C'était un rouleau de toile cirée, mince et léger.

Strickland compta les billets – il y en avait trois de dix livres et deux de cinq – et les jeta sur la table :

— La somme est intacte. Ce qu'il importe maintenant d'établir, c'est qui a pénétré dans la salle de bains au cours de la soirée.

L'inspecteur Mordaunt, présent depuis un moment à l'interrogatoire, s'agita :

— Mr Andreyew pourrait vous y aider. Il s'est trouvé dans l'escalier entre 8 et 9 et...

— Amenez-le-moi.

Mr Collins ressemblait de plus en plus à un animal traqué. Au nom d'Andreyew, il parut sur le point de s'effondrer.

Strickland, sans lui accorder un regard, s'avança à la rencontre du Russe :

— Mr Andreyew ? Vous avez quitté le salon après le dîner, à ce qu'on m'a dit ?

— Oui.

— Longtemps ?

— Sept ou huit minutes, tout au plus.

— Vous êtes monté à votre chambre ?

— Oui.

— Avez-vous vu quelqu'un entrer ou sortir de la salle de bains ?

— O... ui.

— Qui ?

Le Russe semblait contrarié. Il se tourna vers Collins :

— *Mea culpa.* Je crains d'avoir eu la langue trop longue, mon cher !

— Quelle heure était-il ? insista Strickland.

— L'inspecteur Mordaunt me l'a déjà demandé… 8 h 40, je crois, ou 45.

— Je vous remercie ! Qu'alliez-vous faire dans la salle de bains, Collins ?

— Je… Me la… laver les mains.

— Montrez-les-moi !

Mr Collins, à l'énoncé de cette nouvelle exigence, eut un geste puéril, presque émouvant : il cacha ses mains derrière le dos, à la manière d'un enfant qui craint d'être puni. Puis, comme subjugué par une volonté plus forte, il les tendit lentement à l'inspecteur. Celui-ci les examina l'une après l'autre. Puis :

— Vous êtes, de votre propre aveu, demeuré un bon moment dans votre chambre. Pourquoi ne pas vous laver là ?

— Je n'y ai pas pen… pensé !

— Dites l'entière vérité, Collins ! conseilla le Dr Hyde. Cela vaudra mieux.

— Quelle vé… vérité ?

— Vous savez bien !… Primo : le savon d'autrui ne coûte rien. Secundo : votre mère était une Mac Tavish !

Mr Andreyew et Mordaunt sourirent. Strickland, non. Il sortit, à la surprise générale, pour reparaître moins d'une minute plus tard :

— De quelle sorte d'encre usez-vous, Collins ?

— Mais je... D'encre ordinaire.

— De quelle couleur ?

Le petit homme hésita.

— Bleue ou noire ?

— B... bleue.

Strickland inclina la tête, satisfait :

— Cet ultime mensonge consomme votre perte, Collins ! Vous usez d'encre violette. Le sous-main garnissant votre bureau en est taché... *et l'un des billets volés à M. Julie également !*

Comme chacun s'exclamait, le constable Hallows entra, visiblement affolé :

— Je vous demande pardon, monsieur ! Mais les reporters parlent d'enfoncer la porte. Ils sont bien une vingtaine, maintenant...

— Très bien. Qu'ils entrent !

Hallows crut d'abord avoir mal entendu. Puis il redescendit, résigné au pire. Des coups ébranlaient la porte. Il ôta la chaîne de sûreté, ouvrit. À l'instant, une horde de démons le repoussa contre le mur, s'élança à l'assaut de l'escalier, Ginger Lawson et Teddy Malone à sa tête, investit la chambre du crime.

Strickland se tenait sur le palier :

— Vous vouliez voir Mr Smith ?... Le voici !

Encadré par Beard et Fuller, le visage caché dans les mains, Mr Collins n'avait jamais paru plus chétif.

— Ce... c'est une lamentable erreur ! bégaya-t-il. Je m'ap... m'appelle Collins et je suis pla... placier en appareils de radio !

Ginger Lawson parla pour ses camarades :

— À d'autres, *old fox* !... Quel fut votre sentiment dominant, quand vous avez tué pour la première fois ?

LA FIN D'UN CAUCHEMAR

imprimèrent cette nuit même les presses de *Night and Day*, « le journal qui ne se dément jamais » :

« Mr Smith » – *trois heures après nous avoir défiés par téléphone – tombe entre les mains de Scotland Yard.*

11
« Élégie » de Massenet

En dépit des émotions de la nuit, les pensionnaires de Mrs Hobson se levèrent, ce samedi 29 janvier 193…, plus tôt que de coutume.

Le laitier venait à peine de déboucher de Bedford Place que le major Fairchild sautait de son lit et se mettait à exécuter, devant sa fenêtre ouverte, les douze mouvements respiratoires recommandés par la méthode Huntley. Ce bruit réveilla Miss Holland qui se dressa sur son séant en poussant un cri. Elle rêvait que la statue de Nelson, descendue de sa colonne, la poursuivait tout autour de Trafalgar Square. Miss Pawter, comme d'habitude, frappa contre la cloison et lui souhaita le bonjour. Bien qu'il ne fût pas 7 heures un quart, elle achevait de passer sa robe, une petite robe à fleurs achetée en solde, deux jours plus tôt, chez *Roberts and Roberts*. Trop courte de deux doigts, mais un amour.

— Bonjour, répondit Miss Holland. Avez-vous bien dormi ?

— Affreusement. Par contre, j'ai trouvé le slogan demandé par mes fabricants d'ustensiles de cuisine électriques. *Ménagez les mains des ménagères*. N'est-ce pas charmant ?

À la demie, Mr Andreyew, en peignoir bleu et blanc, et le major Fairchild, en peignoir orange et vert, tous deux portant une serviette à la main, sortirent ensemble de leurs chambres.

— Bonjour, cher ami ! dit cordialement le Russe. Déjà debout ?

— Comme vous voyez ! grommela l'autre. Où allez-vous ?

— Mais… à la salle de bains.

— Par exemple ! Moi aussi !

— En ce cas, faites-moi le plaisir de passer le premier.

Radouci, le vieil officier crut devoir prolonger la conversation :

— À propos de ce Mr Smith… (Il rectifia :) Je veux dire Collins. Vous me croirez si vous voulez. J'ai appris sans le moindre étonnement quel triste individu c'était en réalité.

— Vraiment ? Il n'a rien avoué.

— Il avouera ! Ces gens de Scotland Yard manquent un peu de savoir-vivre, mais connaissent leur affaire. À l'heure qu'il est, ils doivent être en train d'appliquer à Collins la question préparatoire.

— Hum ! Je me les représente plutôt dans un bureau enfumé, tenant un interminable *pow-pow*.

— Qu'entendez-vous par *pow-pow* ? interrogea le major, soupçonneux. Est-ce du russe ?

— Du tout. Le mot appartient au vocabulaire indien. Il signifie : délibération, conciliabule.

— Prétendriez-vous être allé chez les Peaux-Rouges ?

— Ma foi, oui. J'y ai même été régulièrement uni à une fille de chef : Nuage Blanc.

Un flot de sang empourpra les joues du major :

— Épouser une Indienne me paraît une idée pour le moins bizarre !... Elle ne viendrait pas à un Anglais !

— J'en conviens, dit Mr Andreyew. Je suis un homme bizarre.

— Eh bien ? questionna le sous-commissaire Prior. Votre homme a-t-il avoué ?

Strickland s'assit lourdement. L'interrogatoire avait duré toute la nuit et rien ne permettait d'en entrevoir la fin.

— Au contraire ! Il se défend comme un beau diable.

— Serait-il parvenu à entamer votre conviction ?

— Oui et non. Il a des accents émouvants. Par contre, il se révèle incapable de nous fournir le moindre alibi.

— Innocent, il le pourrait !

— Peut-être pas. Il possède une mémoire de lièvre.

— Interrogez les autres pensionnaires.

— C'est chose faite. Ils vont chacun de leur côté pendant la journée et passent des soirées sans histoire. Je n'ai pu réveiller de souvenir précis chez aucun.

— Quel âge a Collins ?

— Trente-trois ans.

— Que faisait-il avant de placer des appareils de radio ?

— Il plaçait des couverts en ruolz. Son père était pasteur dans le Northumberland et voulait qu'il apprît la théologie. Mais l'impossibilité où se trouvait Collins junior de prononcer un sermon intelligible l'a poussé à brandir l'étendard de la révolte. Il s'est enfui de la maison paternelle et a bien fait une vingtaine de métiers.

— Ses parents vivent encore ?

— Non. Ils sont morts, tous deux, l'année dernière, à six mois d'intervalle, lui laissant trois cent vingt livres.

— Une vie banale.

— Oui, au point qu'elle inspire la méfiance.

Robert Prior, alias Robin, demeura songeur un long moment, ses yeux bleus fixant un coin de ciel sans le voir. L'image d'Irène Phelps, telle qu'elle lui était apparue la veille au soir, dans le rôle de Jane Eyre, se présenta à son esprit. Il l'en chassa.

— Ce que je n'arrive pas à comprendre, c'est pourquoi Mr Smith s'est attaqué à l'inoffensif M. Julie. Après tout, ce dernier avait refusé de nous aider.

— Peut-être Collins a-t-il cru le contraire ? suggéra Strickland sans conviction.

Depuis la découverte du crime, il s'efforçait en vain, lui-même, d'en découvrir le mobile.

— Impossible, mon vieux ! Il aurait fallu pour cela qu'il eût connaissance des faits et gestes du professeur. Or, Beard jure que personne ne les a suivis du British Museum à ici.

— Collins est peut-être passé devant le Yard quand M. Julie en sortait…

— Vous plaisantez ? Au demeurant, le professeur n'a réintégré la Pension Victoria que pour annoncer son départ *urbi et orbi*.

— Reste le vol.

— Oui, mais il n'explique rien. J'y vois une conséquence, non l'objet du crime.

— Vous voulez dire que Mr Smith, son coup fait, n'a pu s'empêcher de dépouiller sa victime ?

— Précisément. Mais il ne l'a pas tuée dans ce but. S'il méditait un simple vol, il lui suffisait d'attendre un jour de brouillard et de frapper à nouveau quelque passant.

— À moins qu'il ne fût obligé de se procurer de l'argent immédiatement ?

— Improbable. Souvenez-vous de ce que lui ont rapporté ses crimes précédents. Ah ! si M. Julie s'était vanté d'être cousu d'or, s'il avait exhibé un portefeuille impressionnant ! Mais le malheureux possédait tout juste quarante livres. Une petite fortune pour d'aucuns, je le veux bien… Mais pas pour Mr Smith !

— Peut-être espérait-il le professeur plus riche ?

— Étant donné son insatiable appétit, il l'espérait certainement plus riche ! Mais, encore une fois, l'intérêt seul n'a pu lui inspirer cette folie.

Robin s'anima :

— Car de deux choses l'une, Strickland ! Ou Mr Smith avait remarqué la surveillance dont la Pension Victoria était l'objet et il a, en assassinant M. Julie, délibérément confirmé nos soupçons. Ou il ne se savait pas découvert, et il les a non moins délibérément provoqués !

Strickland s'était déjà tenu ce raisonnement.

— Vous avez prononcé le mot : *folie*. Telle est, je crois, la seule explication possible. Mr Smith, comme tous les paranoïaques de son espèce, aura cédé à un véritable besoin : celui de nous défier.

— *Paranoïaque* est joli ! dit Robin.

Mr Collins, le front moite de sueur et les paupières clignotantes, jeta un regard hébété sur les alertes bourreaux qui le harcelaient depuis des heures et des heures.

— Je... je ne sais pas ! bégaya-t-il.

— Qu'avez-vous fait de votre sac de sable ?

— Je... je ne sais pas !

— Donc, vous possédez un sac de sable ?

— Non... Na... naturellement non !...

— Combien gagnez-vous par mois ?

— Ce... cela dépend !

— Beaucoup ?

— Non, pas... pas beaucoup !

— En somme, vous êtes gêné ?

— Plu... plutôt.

Chacun y allait de sa question, même si elle semblait sans rapport avec le crime. Le jeu consistait à abrutir le prisonnier, à l'amener à se couper.

On lui eût tout aussi bien demandé s'il savait patiner, s'il aimait le thé fort.

— Depuis combien de temps vivez-vous chez Mrs Hobson ?

— De... depuis cinq mois.

— Où habitiez-vous auparavant ?

— Dans un hôtel de... d'Odessa Road.

— Lequel ?

— Le *Gil... Gilchrist*.

— Pourquoi l'avez-vous quitté ?

— Ce... c'était trop cher.

— Et alors ? interrogea Strickland qui rentrait.

L'inspecteur Storey eut un geste d'impatience. « Rien à faire ! » lut Strickland sur ses lèvres. Il n'en ordonna pas moins :

— Continuez, les enfants ! Nous ne sommes pas pressés !

— Avez-vous des dettes ? reprit Storey.

— Quel... quelques-unes.

— Envers qui ? questionna Beard à son tour.

— En... envers mon tailleur.

— C'est tout ? s'informa Fuller.

— Oui, je... je crois.

— Alors, pourquoi avez-vous dit : « quelques-unes » ?

— Je... je me suis trompé !

— Quel est votre médecin traitant ?

— Le... le Dr Co-Coleman.

— Vous ne lui devez rien ?

— S-Si...

— Combien ?

— Tren... trente livres.

— Où irez-vous les chercher ?

— Je… je ne sais pas !

Soudain, l'on assista à une sorte de miracle. Mr Collins cessa de répondre aux questions et se prit le front à deux mains. Enfin il demanda d'une voix que l'émotion rendait plus chevrotante encore :

— Le… le 4 jan… janvier, ce… c'était bien un mar… mardi, n'est-ce pas ?

— Oui, dit Strickland. Et alors ?

Le 4 janvier, vers 9 h 20, Mr Leighton avait été assassiné dans Goldsmith Street.

— Alors, je… je sais ! Ce… ce soir-là, je suis de… demeuré tout le temps en com… compagnie des autres pensionnaires.

— Comment pouvez-vous l'affirmer ?

— Mrs Hob… Hobson nous a joué au piano *L'Élégie* de… de Massenet. Et Miss Hol… Holland en tournait les pages.

Storey, Beard et Fuller parurent également consternés.

— Continuez à l'interroger sur n'importe quoi ! enjoignit Strickland en leur désignant le prisonnier. Je fais un saut jusqu'à la pension.

Il reparut quarante minutes plus tard et alla droit à Collins :

— Personne ne semble capable de témoigner en votre faveur. Par contre, le Dr Hyde prétend que vous avez quitté le salon quand Mrs Hobson s'est mise au piano. Il a entendu se fermer la porte d'entrée et vous a vu, vers 10 heures moins 10, raccrocher votre chapeau et votre pardessus au portemanteau.

Mr Collins poussa un petit cri :

— Il… il ment !

— Qui ça ?

— Le… le Dr Hyde !

Strickland attira une chaise à lui et s'y assit à califourchon :

— Naturellement. Ils mentent tous ! Qu'est-ce qui vous attirait au-dehors ce soir-là, Collins ?

— Mais… mais rien !

— Était-ce le brouillard ?

— …

— Peut-être n'aimez-vous pas *L'Élégie* de Massenet ?

— …

— Ou vouliez-vous acheter des oranges ?

Trois jours plus tard, faisant preuve d'une résistance peu commune, Mr Collins n'avait encore rien avoué.

12
« Grilling »

Cela commença par la visite d'un certain Mr Breckinridge qui, sous prétexte d'y vouloir prendre pension, se fit montrer la maison de la cave au grenier.

Mr Breckinridge avait des cheveux blancs et un air vénérable. Quand il interrogea innocemment : « Sommes-nous dans la pièce où fut tué ce malheureux professeur ? », Mrs Hobson crut mourir de honte. Cependant Mr Breckinridge ajouta : « Elle me plaît tout à fait ! » Et, ayant vu la chambre où la victime était morte, il souhaita voir celle où le meurtrier avait vécu.

— Autorisez-moi à consulter Mrs Breckinridge, dit-il finalement. Je vous téléphonerai dans le courant de l'après-midi.

Après son départ, Mrs Hobson ne put retenir ses larmes.

— Il ne reviendra pas ! dit-elle au Pr Lalla-Poor qui rentrait d'une courte promenade.

— Bah ! répondit l'Hindou. D'autres viendront. La rue est, naturellement, pleine de curieux.

Mrs Hobson courut à la fenêtre et se sentit plus malheureuse encore.

— Tous ces gens ! dit-elle. Quelle indécence !

Au même moment, on sonna à la porte d'entrée. Mary ouvrit et introduisit une grosse dame.

— Je suis Mrs Platt, dit celle-ci. Je cherche pour mon beau-frère une pension pas trop chère et comme il faut. Pourrais-je visiter la maison ?

— Peut-être ignorez-vous que... ? commença Mrs Hobson.

— Nullement ! On ne saurait vous reprocher d'avoir été la dupe d'un criminel. À propos, à quoi ressemblait-il ?...

Quand sonna l'heure du déjeuner, Mrs Hobson avait reçu une douzaine de personnes désireuses de trouver un logement, les unes pour un parent, les autres pour un ami. Aussi le sentiment de honte éprouvé par elle, le matin, avait-il fait place à une griserie légère. Elle se donnait l'illusion d'être sollicitée par des admirateurs empressés.

L'après-midi, le défilé reprit à une cadence plus rapide. En effet, la Pension Victoria ne se contentait pas d'être « la maison du crime », elle se recommandait également à l'attention générale comme le refuge d'un des plus grands criminels du siècle.

Aux curieux se mêlèrent des reporters, des photographes, des envoyés de Scotland Yard chargés de messages urgents, des agents d'assurances profitant de la situation pour forcer la porte, des solliciteurs de tout poil. L'affluence devint telle qu'il fallut faire appel à la police pour rétablir l'ordre et disperser les badauds.

— Je suis rompue ! dit Mrs Hobson au dîner. Si ces messieurs de la police ne m'avaient priée de décliner toute offre et si je n'avais conscience de mes devoirs d'hôtesse, j'aurais loué jusqu'aux caves !

Mrs Crabtree jeta un regard de défi à ses voisins de table :

— Il m'est arrivé souvent, je l'avoue, d'être suivie. Mais jamais par une demi-douzaine d'hommes à la fois, comme aujourd'hui ! J'ai dû prier un constable d'intervenir !

— Cela n'est rien ! grommela le major. Un de ces damnés reporters m'a photographié tandis que je remontais mes fixe-chaussettes. Et un autre voulait à tout prix savoir si je voyais les Australiens gagnants dans le prochain match de cricket !

Le Pr Lalla-Poor se mêlait rarement à la conversation. Ce soir-là, profitant d'un silence, il s'y décida.

— Le scandale attire, dit-il de sa voix profonde. J'ai rencontré mon manager. Je suis naturellement engagé au Palladium.

Miss Pawter battit des mains :

— *Hurrah !* Aurons-nous des billets gratuits ? Si oui, je vous donne une idée publicitaire épatante !

— Naturellement, Miss Pawter. Que suggérez-vous ?

— Déchirez vos anciennes affiches. Et remplacez-les par des placards blancs portant au centre cette simple phrase : « Le texte de ces affiches a été escamoté par le célèbre Pr Lalla-Poor qui triomphe au Palladium. »

Miss Holland semblait vouloir se faire oublier. Le regard de Mrs Hobson ne s'en arrêta pas moins sur elle :

— À propos, ma chère, on a apporté deux petits chats pour vous... Est-ce un cadeau ?

Miss Holland se troubla :

— Oui. Ils viennent d'un certain Mr Lawson, reporter à *Night and Day*. Mr Lawson voudrait que j'écrive une série d'articles intitulés : « Mr Smith, *intime* ». Le chat noir porte le nom de *Night* et le blanc, celui de *Day*. N'est-ce pas charmant ?

— Je me demande comment ce Mr Lawson a deviné que vous aimiez les chats..., dit ironiquement le Dr Hyde.

— Je me le demande aussi ! repartit la vieille demoiselle en toute innocence.

— Que comptez-vous en faire ? insista Mrs Hobson.

— Mais... les garder, avec votre permission.

— Donnez-les au Pr Lalla-Poor ! conseilla Miss Pawter. Il en fera des vedettes.

Un petit drame était imminent. Mr Andreyew s'entremit :

— Non, non ! Miss Holland les rendra plus heureux. N'est-il pas vrai, chère amie ?

Mrs Hobson voulut protester. Mais le Russe lui emprisonnait les poignets. Elle savoura voluptueusement sa défaite.

Le soir même, après avoir écouté : *Stop ! You're breaking my heart...*, Miss Holland introduisit, pour la première fois de sa vie, un détective dans ses contes.

Il changeait sans cesse d'aspect, écrivit-elle allégrement, *estimant, non sans raison, qu'un bon détective doit passer partout inaperçu.*

— Que vous êtes bien en géant ! lui disait-on.

— Attendez, répondait-il, de m'avoir vu en nain !

À la surprise générale, Mr Collins se dirigea à pas incertains vers la fenêtre et y demeura en observation comme s'il voulait percer du regard le rideau de brume cachant Victoria Embankment.

Son incarcération remontait à quatre jours. Il avait le visage défait, une barbe pauvre couvrait son menton d'un duvet roux, il vacillait.

— *Oui !* répondit-il enfin.

Strickland jeta un regard courroucé à Storey qui, incapable de dissimuler ses sentiments, jurait à voix basse.

— Voulez-vous dire que vous avouez être Mr Smith ?

— Oui ! répéta Mr Collins d'un ton ferme. C'est... c'est ce que je veux dire.

— Et que vous reconnaissez avoir assassiné huit personnes, à savoir : Mr Burmann, le 10 novembre 193..., vers 23 heures, dans Tavistock Road ; Mr Soar...

— Oui, oui !

— … Mr Soar, reprit calmement le *super*, le 12 du même mois, vers 17 heures, dans Rackham Street ; Mr Derwent le 18 du même mois, vers 22 h 30, dans Maple Street ; Mr Trample, la veille de Noël, vers 18 h 30, dans Foxglove Street, et Miss Letchworth, ce même jour, vingt minutes plus tard, en bordure de Wormholt Park ; Mr Leighton, le 4 janvier 193…, vers 21 h 20, dans Goldsmith Street ; Mr Morris, le 26 du même mois, vers 19 heures, dans Sutton Street ; et, enfin, M. Julie, le 28 du même mois, vers 20 h 30, dans une chambre située au premier étage de la Pension Victoria, 21, Russell Square ?

— Oui, je… je le reconnais.

— Parfait. À quel mobile avez-vous obéi ?

— Vous le savez bien !… Le… l'intérêt !

— Chaque fois ?

— Oui, na… naturellement !

— Lorsque vous vous êtes attaqué à M. Julie aussi ?

— Oui.

— Aviez-vous déjà rencontré ce dernier avant qu'il prît pension chez Mrs Hobson ?

— Non, ja… jamais !

— Vous n'obéissiez donc pas à une rancune personnelle ?

— Non.

— Pourquoi déposer un bristol à côté du cadavre de vos victimes ?

— Par… par bravade !

— Envers la police ?

— Oui… Et la… la société.

— Saviez-vous que la pension était surveillée ?

— Non… Ou je n'au… n'aurais pas tué M. Julie.

— Vous avez, cependant, signé ce crime-là aussi !

— La… la force de l'habitude !

— Qu'est devenu votre sac de sable ?

— Je… je l'ai jeté.

— Où ?

— Dans… dans la Tamise.

— Quand ?

— Le… le 27 janvier.

— Pourquoi ?

— Je… j'estimais dangereux de le gar… garder plus longtemps.

— Telle serait donc la raison pour laquelle vous avez frappé M. Julie avec un bistouri ?

— Oui.

— Vous deviez vous attendre à ce que le Dr Hyde nous mît au courant de votre visite dans sa chambre.

— Je… j'espérais qu'il n'y penserait pas.

Strickland fit une pause. Chose étrange, Collins lui inspirait une méfiance beaucoup plus vive, les jours précédents, quand il s'entêtait à nier.

— Où cachez-vous vos cartes de visite ?

— Il… il ne m'en reste plus.

Il était naturellement possible aussi que Collins eût adopté un nouveau système de défense, des aveux maladroits militant généralement en faveur de l'accusé.

— Le 26 janvier, après avoir attaqué et dépouillé Mr Morris dans Sutton Street, êtes-vous rentré tout droit à la pension ?

— Oui, je… je crois.

Toby Marsh, quatre jours plus tôt, avait prétendu le contraire.

— Par où ?

— Par Bed… Bedford Square et Mon… Montagne Place, je suppose.

— Portiez-vous un imperméable ou un pardessus ?

— Je ne me sou… souviens pas.

— Mais vous possédez les deux ?

— Oui.

— Qu'avez-vous fait de l'argent volé à vos victimes ?

— Il… il est en lieu sûr.

— Où ?

— Ce… cela me regarde.

À ce moment, la sonnerie du téléphone retentit. Strickland saisit l'écouteur et répondit par monosyllabes, d'une voix volontairement dénuée d'expression.

— Pourquoi ces absurdes aveux, Collins ? interrogea-t-il en raccrochant. Vouliez-vous protéger quelqu'un ? Ou croyiez-vous obtenir ainsi la paix ?

Le petit homme eut un geste de protestation. Puis il frissonna.

— Je… je n'en puis plus ! confessa-t-il.

Strickland lui pressa discrètement l'épaule :

— En route, les enfants !… Storey, vous êtes attendu Mornington Crescent. On vient d'y découvrir le cadavre d'une jeune femme portant épinglée à son corsage une carte de visite au nom de Mr Smith. Ni sac à main, ni bijoux. Mordaunt et Fuller, suivez-moi !... À ce qu'il paraît, le véritable Mr Smith habite toujours la Pension Victoria !

13

Marjorie tout court

— Amenez-les-moi dans l'ordre, dit Strickland en tendant à Fuller une liste groupant cinq noms. (Puis, un instant plus tard :) Bonjour, major Fairchild. Asseyez-vous, je vous prie. Je regrette de devoir vous interroger une fois de plus. C'est la faute aux circonstances. Où étiez-vous et que faisiez-vous cet après-midi, vers 18 h 30 ?

— J'étais à mon cercle et je perdais au bridge ! répondit aigrement le vieil officier. Mais je voudrais bien savoir...

— Un peu de patience, major. Comment s'appelle votre cercle ?

— Le Club Colonial... Albemarle Street, 10.

— Quand avez-vous commencé à jouer ?

— Vers 4 heures. Et j'ai fini à 7.

— Quels étaient vos partenaires ?

Le major se contint avec peine :

— Deux officiers en retraite comme moi, le colonel Wilson et le major Gillum, plus un

Mr Todhunter que je voyais pour la première fois… Cela vous suffit-il ?

— Oui et non… À la vérité, il me reste à vous poser une question délicate. Contrairement à ce que vous prétendez, vous vous êtes éloigné du salon, le soir du 28, pendant sept ou huit minutes… Pourquoi ?

— Que je sois damné si je réponds !… Vous n'avez nul besoin de le savoir ! Ne tenez-vous pas Mr Smith ?

— Non, avoua Strickland. Nous avons fait fausse route. Le véritable Mr Smith court encore. À 18 h 20, cet après-midi, il assommait une passante, Mornington Crescent.

— *Good Lord !* s'exclama le major. J'ai toujours pensé, ajouta-t-il effrontément, que ce Collins n'avait pas l'étoffe d'un criminel !

— Les apparences étaient contre lui.

— En somme, Collins vous a paru faire l'affaire parce qu'il bégaie. Mais *bégayer* n'est pas le seul verbe français commençant par un *b* ! L'accusation de M. Julie peut tout aussi bien s'appliquer à quelqu'un d'autre.

— Qui cela ?

— Approchez… Je ne tiens pas à crier son nom sur les toits !

Strickland obéit. Le major lui parla dans le creux de l'oreille puis se renversa sur son siège, l'œil allumé.

— Ça n'a pas l'air de vous émouvoir autrement ? interrogea-t-il enfin.

Strickland revint sur la terre :

— Si, si !

— Vous n'aviez pas songé à lui, hein ?

— Si, si ! dit encore le *super*. Je songe à lui depuis le début.

— Bonsoir, professeur ! dit Strickland. Asseyez-vous, je vous prie. Les circonstances nous obligent à vous interroger de nouveau. Où étiez-vous et que faisiez-vous cet après-midi, vers 18 h 30 ?

— J'ai vu mon impresario, naturellement.

— Naturellement ! Pourquoi « naturellement » ?

Le Pr Lalla-Poor eut un geste d'excuse. Comme toujours, son visage était impénétrable. Il portait un turban bleu pâle.

— C'est une façon de dire les choses ! Je monterai sur la scène du Palladium la semaine prochaine. Aussi Mr Hathway et moi avons-nous quantité de dispositions à prendre.

— Je vois… Donc, à 18 h 30, vous discutiez avec Mr Hathway. Où habite-t-il ?

— Je crains de m'être mal fait comprendre. Je vous ai dit que je m'étais rendu chez Mr Hathway dans l'après-midi, non que je me trouvais en sa compagnie à 18 h 30. À ce moment-là, j'étais sur le chemin du retour.

— Où habite Mr Hathway ?

— Dans une *boarding-house* d'Eversholt Street.

Strickland tiqua. D'Eversholt Street à Mornington Crescent, il devait, tout au plus, y avoir cinq minutes de marche.

— Vous dites que vous étiez sur le chemin du retour... Avez-vous donc regagné la pension à pied ?

— Oui. La distance n'est pas grande, naturellement.

— À quelle heure avez-vous quitté Mr Hathway ?

— Je ne saurais préciser. Peut-être à 18 h 20. Peut-être quelques minutes plus tard.

— Ou quelques minutes plus tôt ?

L'Hindou acquiesça sans difficulté.

— Depuis combien de temps cherchez-vous un engagement ?

— Depuis trois mois.

— Si je vous demandais ce que vous faisiez, le 18 novembre de l'année dernière, vers 10 heures et demie du soir, ou le 4 janvier de cette année, vers 9 h 20, pourriez-vous vous le rappeler ?

— J'ai peur que non.

— Dommage !

Strickland repoussa son siège pour mettre un terme à l'entretien. Au moment de sortir, l'Hindou se retourna :

— Jusqu'à tantôt, je croyais naturellement cette affaire terminée.

— Et maintenant ?

— Vous ne m'auriez pas, dans ce cas, demandé ce que j'ai fait *aujourd'hui*. Le véritable Mr Smith doit vous avoir échappé et s'être rendu coupable d'un nouveau crime au cours de l'après-midi.

— Exact. Il l'a commis à deux pas d'Eversholt Street.

— Une fâcheuse coïncidence, naturellement ! admit le Pr Lalla-Poor.

— Mr et Mrs Crabtree ? Asseyez-vous, je vous prie… Vous aussi, Mr Crabtree ! Il était inutile que vous vous dérangiez tous les deux.

— Détrompez-vous ! répondit vivement Mrs Crabtree, en peignoir crème et pantoufles à pompons. Comme je le disais à cet autre charmant inspecteur qui nous a questionnés, vendredi dernier, mon mari, livré à lui-même, ressemble à un bateau sans boussole… La comparaison est-elle heureuse, Ernest ?

— Certainement, chère amie.

— Par parenthèse, j'aurais cru l'arrestation de Mr Smith de nature à nous épargner de nouveaux ennuis !

Strickland, pour toute réponse, se tourna vers Mr Crabtree :

— Où étiez-vous et que faisiez-vous cet après-midi, vers 18 h 30 ?

Le petit homme ouvrit la bouche, mais la voix de sa femme couvrit la sienne :

— N'allez pas croire, inspecteur, que je charge généralement mon mari de me rapporter ci ou ça. Mais un coryza – contracté Dieu sait comment ! – m'interdit de mettre le nez dehors. Vers 2 heures, j'ai prié Ernest d'aller m'acheter un peignoir. Je comptais sans son habituelle maladresse. Il est revenu à 5 ! Et avec quoi, je vous le demande ! Une de ces horreurs à volants qui alourdissent les plus minces… J'ai dû la lui faire rapporter !

— Avez-vous obtenu finalement ce que vous désiriez ?

Mrs Crabtree se tourna et se retourna avec complaisance.

— Jugez-en, inspecteur !... Seulement, j'ai dû patienter jusqu'à 7 heures.

— D'où provient ce vêtement ?

— De chez *Davidson-Davis*, Wardour Street.

Strickland revint à Mr Crabtree :

— Pensez-vous que l'une ou l'autre vendeuse se souvienne de vous ?

— Sûrement pas ! s'écria Mrs Crabtree avec l'accent de la plus vive indignation. Répondez, Ernest !

— Non, non ! Je ne suis pas homme à avoir fait impression sur aucune !

Strickland prit un air sévère :

— Ne mésestimez pas la gravité de la situation, Mr Crabtree ! Mr Smith lui-même s'est chargé de nous prouver l'innocence de Mr Collins en commettant, cet après-midi, un nouveau meurtre. Par conséquent, je ne vous demande rien de moins qu'un alibi. Les jeunes filles à qui vous avez eu affaire vous reconnaîtraient-elles ?

Mr Crabtree hésita. Mais la menace officielle lui fit apparemment moins peur que la menace conjugale. Il répondit par la négative.

— Vous souvenez-vous des occupations ou distractions auxquelles vous vous êtes livrés le soir du 10 novembre de l'année dernière et celui du 4 janvier de cette année ?

— Non, dit à regret Mrs Crabtree. Cependant, il est fort probable qu'Ernest se trouvait à mes côtés.

— Vous ne vous séparez donc jamais ?

— Si. J'estime qu'un homme marié doit conserver l'illusion de la liberté. Ernest, à vrai dire, s'en passerait fort bien mais nous sommes convenus, une fois pour toutes, qu'il irait de temps à autre jouer aux cartes avec ses amis. Des amis d'enfance, vous comprenez ?

— Votre mari les rencontre-t-il régulièrement ?

— Non. Il m'arrive d'aller passer un jour ou deux auprès d'une tante malade, à Chislehurst. Ernest profite en général de l'occasion. Je lui accorde la permission de minuit.

— Est-il beaucoup sorti, ces derniers temps ?

— Beaucoup trop ! Il s'en plaint, heureusement, le tout premier.

— Bonsoir, Mr Andreyew. Asseyez-vous, je vous prie. Nous sommes obligés de vous demander de nouveau des comptes.

Strickland ne se donnait même plus le temps de la réflexion. Les mots lui venaient tout naturellement aux lèvres, il se levait à demi, se rasseyait :

— Où étiez-vous et que faisiez-vous, cet après-midi, vers 18 h 30 ?

Le Russe respira l'œillet rouge qui ornait sa boutonnière.

— Des choses inavouables, je le crains !

— Dans quel sens l'entendez-vous ?

— Dans le sens littéral… À propos, je croyais Mr Smith au pouvoir de Scotland Yard ?

— Le véritable Mr Smith continue d'aller et venir librement ! Il y a deux heures environ, il commettait son neuvième crime.

— Désolant ! soupira Mr Andreyew. Tout à fait désolant !

Mais il n'ajouta rien.

— Alors ? insista Strickland.

— Alors… quoi ?

— Êtes-vous décidé à parler ?

— Je le voudrais, mais…

Le *super* fonça sur l'obstacle :

— Vous étiez chez une dame ?

— Du moment que vous l'avez deviné !…

— Comment s'appelle-t-elle ?

— Marjorie.

Strickland observa son interlocuteur. Il semblait appartenir au type d'hommes incapables de trahir une femme. D'autre part, il était assez fin pour jouer les martyrs de l'honneur.

— Marjorie… comment ?

— Marjorie tout court.

— Une femme mariée ?

— Cela va de soi.

Le Russe souriait. Mais, sous ses dehors affables, perçait une inébranlable fermeté. « Le plus coriace de tous ! » pensa Strickland.

— Ceci peut vous mener loin, Mr Andreyew !

— Bah !

— Me direz-vous au moins dans quelle partie de Londres demeure votre amie ?

— Elle habite Belgravia, a un salon d'or et sert le thé dans un samovar… quand elle reçoit des Russes.

À ce moment, on frappa à la porte et Storey entra.

— Je vous remercie, Mr Andreyew. Nous reprendrons cette conversation plus tard.

Storey attendit, pour parler, que le Russe fût sorti.

— Je reviens de là-bas. La victime est une certaine Mrs Dunscombe, de passage à Londres et originaire de Carlisle où son mari possède une demi-douzaine de brasseries.

— Jolie ?

— Élégante. Fourrures et tout. Quand elle fut tuée, elle sortait de chez une amie, Mrs Rooksby, qui lui avait déconseillé de s'aventurer dans le brouillard et proposé de passer la nuit chez elle.

— Pourquoi Mrs Dunscombe est-elle partie ?

— Je l'ignore. Aux dires de Mrs Rooksby, elle regardait sans cesse sa montre.

— Connaissez-vous le montant du vol ?

— Non, mais il doit être élevé. Renseignements pris, la victime portait tout son argent sur elle.

— Ses bijoux ont disparu ?

— Oui, à l'exception d'une opale.

— Mrs Dunscombe paraissait pressée, dites-vous, de quitter son amie. Aurait-elle donné à celle-ci l'impression d'être attendue ?

— Oui. Mrs Rooksby l'a même plaisantée à ce propos.

— *Well !* Tâchez de découvrir les personnes avec qui la victime est entrée en rapport pendant son séjour à Londres. Mr Smith a fort bien pu lui faire la cour pour l'attirer plus sûrement à lui.

— Bonsoir, docteur Hyde ! Asseyez-vous, je vous prie... Ou plutôt, non ! Seriez-vous assez aimable pour faire quelques pas ?

Le Dr Hyde, qui s'appuyait au dossier d'une chaise, ricana :

— Ainsi, vous avez fini par la remarquer ?

— De quoi voulez-vous parler ?

— De ma *boiterie* ! dit Hyde en français.

Strickland acquiesça :

— Il ne vous aura servi de rien d'aller d'un siège à l'autre, quand je vous interrogeais, vendredi soir.

— Par exemple ! Qu'auriez-vous désiré ? Que je galope autour de la chambre, à seule fin d'attirer votre attention sur ma mauvaise jambe !... Il vous fallait un coupable ! J'ai préféré vous voir arrêter le vrai !

— Collins n'est pas le vrai coupable ! Où vous trouviez-vous et que faisiez-vous, vers 18 h 30 ?

— Je me promenais.

— Par ce temps ?

— Pourquoi non ? J'adore le brouillard ! On y trouve de tout : des femmes en détresse, des fantômes et des fous. L'aventure, l'amour...

— ... et la mort.

— Voilà !

Les deux hommes s'étudiaient, sans fausse pudeur.

Rompant le silence qui suivit, Mary ouvrit la porte et poussa sa tête blonde par l'entrebâillement :

— On vous demande au téléphone, inspecteur ! Un certain Dr Hancock. Il dit que c'est urgent.

14
Mr Smith = Dr Hyde

Il était 10 heures du matin. Un capricieux rayon de soleil avait forcé Robin à changer deux fois de place déjà. Strickland s'expliquait devant ses chefs :

— Un de six, reste cinq. En me présentant hier soir à la Pension Victoria, j'avais en quelque sorte le choix entre le major Fairchild, le Pr Lalla-Poor, Mr Crabtree, Mr Andreyew et le Dr Hyde. Je commençai par le major. Où était-il et que faisait-il vers 18 h 30 ? Il jouait au bridge au Club Colonial, avec tel et tel partenaire.

— Vous avez vérifié ?

— Fuller a vérifié. À moins de le supposer doué du don d'ubiquité, le major Fairchild peut être rayé définitivement de la liste des suspects. Je m'empresse d'ajouter qu'il est seul dans ce cas.

— N'a-t-il pas refusé de vous dire pourquoi il est sorti du salon, le soir où fut assassiné M. Julie ?

— Question d'amour-propre. Si Collins reconnaît une saveur particulière aux oranges de Mrs Hobson, le major préfère à tout autre son scotch whisky.

Strickland se décida à allumer le cigare que lui avait offert sir Christopher au début de l'entretien.

— Passons au Pr Lalla-Poor. Vers 18 heures, il se trouvait en compagnie de son impresario, Mr Hathway. Vers 18 h 20, à l'en croire, il regagnait la pension à pied, en dépit du brouillard.

— Des témoins ?

— Aucun.

— Aurait-il eu matériellement le temps de... commettre le crime ?

— Je pense bien ! Mr Hathway habite à proximité de Mornington Crescent et les deux hommes – Hathway dixit – se sont séparés à 18 h 10.

— À surveiller.

— C'est mon avis. Mr Crabtree, lui, semble avoir couru les magasins tout l'après-midi, dans le but d'acheter un peignoir à sa femme. Il a quitté la pension vers 2 heures, l'a réintégrée à 5, l'a requittée à 5 heures un quart et re-réintégrée pour dîner. Je le crois à même de produire le témoignage de vendeuses auxquelles il s'est adressé, mais la crainte de déplaire à Mrs Crabtree l'en empêche.

— Interrogez ces jeunes filles à son insu. Les retrouver ne présente aucune difficulté.

— J'y ai pensé. Mordaunt s'en chargera tout à l'heure.

— Ce Crabtree…, dit pensivement le sous-commissaire. Comment gagne-t-il sa vie, le savez-vous ?

— Certainement.

Une lueur d'amusement perça dans le regard de Strickland :

— Il vend des bandages herniaires par correspondance.

— *Good heavens* ! Ça lui rapporte quoi ?

— Plus que vous ne l'imaginez. Et sa femme est assez fortunée pour prendre pension au Carlton, s'il lui plaisait.

Sir Christopher intervint :

— J'ai peine à admettre que vos suspects soient également incapables de se rappeler ce qu'ils faisaient le mois dernier ou même en décembre ou novembre. Il doit bien y avoir dans le passé d'aucuns quelque incident de nature à fixer leurs souvenirs.

— J'en doute, monsieur ! Les innocents ne demanderaient qu'à parler. Le coupable, seul, a intérêt à s'abriter derrière des défaillances de mémoire. Les pensionnaires de Mrs Hobson mènent en général une vie simple, sans imprévu. Rien de plus difficile pour eux, dans ces conditions, que d'évoquer une circonstance mettant leur bonne foi en lumière. En l'occurrence, affirmer qu'ils lisaient dans leur chambre ou se promenaient dans le square, tel jour, à telle heure, ne sert de rien. Il faut le prouver.

— Hum ! Qu'a dit Andreyew ?

— Peu de chose. Il prétend s'être trouvé en compagnie d'une femme mariée – excellente raison pour demeurer dans le vague – alors qu'on assassinait Mrs Dunscombe. L'explication en vaut une autre. Cependant, elle m'a donné à réfléchir. Un menteur habile mêle le vrai au faux. Qui sait si la dame en question n'était pas précisément la victime ?...

— Je ne pense pas, dit sir Christopher. Andreyew lui aurait alors fixé rendez-vous ailleurs, dans un coin de parc par exemple, où il eût couru moins de risques d'être surpris.

— Peut-être l'a-t-il essayé sans succès ? Mrs Dunscombe – m'a-t-on appris à son hôtel – devait repartir, ce matin, pour Carlisle. Si mon hypothèse est exacte et si Mr Smith – quelle que soit son identité – avait exceptionnellement choisi sa victime plusieurs jours à l'avance, il ne pouvait attendre davantage. La crainte de voir sa proie lui échapper expliquerait, du même coup, pourquoi il s'est laissé aller à commettre un nouveau crime, innocentant Collins.

Sir Christopher s'impatientait :

— Mais vous ne nous avez pas amené Andreyew !... Vous nous avez amené le Dr Hyde !

— Oui, monsieur. Pour quatre raisons. Primo : M. Julie – souvenez-vous-en – fut tué à l'aide d'un « catlin » provenant de sa trousse. Secundo : le docteur boite et tombe ainsi, au même titre que Collins, sous l'accusation du défunt professeur. Tertio : il s'est trouvé dans le brouillard hier après-midi, vers 18 h 30, sans raison avouable. Quarto : le Dr Hancock, en pratiquant l'autopsie du corps de M. Julie, y a vainement cherché trace d'un quelconque médicament, ce qui réduit à néant l'histoire contée par le docteur, le 28 janvier au soir.

Robin se fit l'avocat de la défense :

— On conçoit aisément que M. Julie, se sentant malade, ait eu recours au Dr Hyde. Cependant, comme il s'était décidé à quitter la pension pour fuir Mr Smith, il a pu, le premier moment d'affolement passé, renoncer à prendre le remède prescrit, de peur d'être empoisonné.

— En ce cas, comment expliquer que le comprimé soit demeuré introuvable ?

— M. Julie l'a peut-être jeté par la fenêtre...

— Pourquoi ? Nous avons, du reste, ratissé la cour avec autant de soin que la chambre à coucher. Sans résultat.

— Quel temps faisait-il, ce soir-là ? Un comprimé peut fondre sous la pluie.

— Il faisait un temps sec et froid.

— Admettons que le docteur soit coupable. Pourquoi diable aurait-il forgé cette histoire ?

— Par mesure de précaution. Quelqu'un eût pu le voir, sans qu'il s'en doutât, pénétrer dans la chambre de M. Julie ou en sortir.

— En somme, le résultat négatif de l'autopsie constitue à vos yeux la charge la plus accablante à son endroit ?

— Oui. Le soin apporté à nos recherches dissipe toute équivoque. Ou M. Julie a absorbé le comprimé, ou celui-ci n'a jamais existé que dans l'imagination du docteur.

Strickland écrasa à regret le bout de son cigare dans un cendrier et quêta du regard l'approbation du commissaire en chef.

— J'eusse fait comme vous ! dit sir Christopher.

Le Dr Hyde, une fois mis en présence des inspecteurs chargés de l'acculer aux aveux, se conduisit très différemment de son prédécesseur. Alors que ce dernier, en dépit de sa mortelle fatigue, s'efforçait de leur répondre de façon polie et intelligible, le docteur se renferma, après dix minutes, dans un silence offensant. Il considérait ses ongles, bâillait sans retenue, s'abîmait dans de profondes rêveries. Quand ses regards venaient à tomber sur l'un ou l'autre policier, cela semblait le résultat d'un accident et il s'empressait de les porter ailleurs, comme s'il redoutait une prompte souillure. En vain chercha-t-on à éveiller son indignation ou son ressentiment. Les sous-entendus paraissaient lui échapper et les menaces l'égayer. De temps à autre, il poussait la désinvolture jusqu'à siffloter un petit air, toujours le même : *Auld Lang Syne*, tout en battant la mesure du pied. Aussi, quand vint le soir, était-ce dans les yeux des honnêtes Fuller et Storey que se lisait le désir de meurtre.

Strickland tint à rester seul avec le prisonnier.

— Ce système ne vous mènera nulle part, docteur Hyde ! Tôt ou tard, vous serez forcé de vous expliquer. Qu'espérez-vous ?

Le Dr Hyde condescendit à regarder son interlocuteur.

— Je n'espère rien, répondit-il d'une voix assourdie par un trop long mutisme. J'attends.

Strickland pressentit ce qui allait suivre. Il n'en interrogea pas moins :

— Vous attendez quoi ?

— J'attends, précisa le docteur, que Mr Smith ait commis son dixième crime.

15
« For he is a so jolly good fellow »

Mrs Hobson, dans sa robe préférée, la plus soyeuse et la plus froufroutante, la gorge prise dans une guimpe de dentelle, se tenait au milieu de la salle à manger, sous la toile de John-Lewis Brown – champs épinard et habits rouges – qu'elle obligeait ses visiteurs d'admirer avant même de leur montrer les chambres à coucher. Et « ses enfants » – ainsi qu'elle appelait quelquefois ses hôtes – disposés en rang d'oignons, trois à sa droite, quatre à sa gauche, lui faisaient une garde d'honneur.

Mr Collins ne devait jamais oublier ce tableau. À peine eut-il apparu, hagard et fripé, au seuil de la pièce que huit voix entonnèrent en chœur : « *For he is a so jolly good fellow* ». Puis le major se détacha du groupe, saisit l'arrivant aux épaules et le secoua comme un dogue ferait d'un chien de manchon en lui certifiant qu'aucun de ses amis n'avait douté de son innocence. Les dames tinrent à l'embrasser, chacune à sa manière – Mrs Crabtree sur les deux joues, Miss Pawter en riant, Miss Holland d'un air craintif, Mrs Hobson avec coquetterie – et il se retrouva assis devant un énorme gâteau décoré d'un *Welcome* de circonstance.

Cette chaleureuse réception plongea Mr Collins dans un trouble étrange. Il commença par promener autour de lui des regards égarés, pleins de questions poignantes. Ses lèvres tremblaient, il paraissait au bord des larmes. Enfin il se passa la main sur le front comme pour en chasser des pensées importunes.

— Pa... pardonnez-moi ! balbutia-t-il. Mais ce... c'est la première fois de ma vie que l'on me té... témoigne une véritable sympathie !

Il semblait vouloir continuer, mais Mr Andreyew l'interrompit :

— Ne vous attendrissez pas, mon vieux ! Après tout, nous vous devions bien ça !

Il lui broyait l'épaule.

— Pour... pourquoi ?

— Dame ! Vous avez contribué à rendre célèbres jusque sur le continent la Pension Victoria et ses hôtes ! Mrs Hobson peut doubler ses prix, désormais. Cela ne fera fuir personne.

— Cela me ferait fuir, moi ! protesta Mrs Crabtree.

On se mit à table. Daphné, se souvenant à propos que Mr Collins avait un faible pour *l'irish stew*[1], s'était surpassée. Le petit homme,

1. Ragoût de mouton.

cependant, mangea peu. Ses frêles épaules semblaient supporter un poids d'instant en instant plus lourd.

— Dites-nous..., fit soudain le major. Ce qu'on rapporte au sujet de ce « troisième degré » est-il exact ?

Mr Collins sursauta :

— Non, non... Je... j'ai été con... convenablement traité...

— On vous a tout de même envoyé les rayons d'une lampe dans la figure et questionné à n'en plus finir ?

— Oui, oui... Na... naturellement !

— Et vous avez résisté jusqu'au bout ?

— Non, je... j'ai fini par avouer.

Le major pensa étouffer :

— Que diable pouviez-vous avouer puisque vous n'êtes pas coupable ?

— Je... On est toujours plus ou moins cou... coupable et je sen... sentais bien qu'ils ne me laisseraient en paix que si je di... disais finalement comme eux !

— Vous avez eu une rude chance, dans ce cas, que Mr Smith continue de frapper ! Ils auraient pu ne jamais vous relâcher !

Mr Collins porta son verre à ses lèvres et eut un haussement d'épaules exprimant le fatalisme.

— Ma parole, vous ne paraissez pas autrement content de vous retrouver parmi nous ! dit encore le major.

— Si, si ! Mais je crains de... d'avoir besoin de quelques jours pour me re... remettre.

— Bien entendu ! renchérit Miss Pawter. Faites taire votre curiosité, major Fairchild ! Ou Mr Collins regrettera Scotland Yard !… Voici Mr Jekyll ! ajouta-t-elle machinalement comme on avait sonné.

Au même instant, son regard tomba sur le siège laissé vide par le Dr Hyde et elle se mordit les lèvres.

Un pénible silence suivit. La libération de Collins n'empêchait pas qu'une brebis galeuse se fût glissée dans le troupeau, s'y cachât hier encore… Et quelle brebis !

Mrs Hobson sauva la situation en s'en prenant à Miss Holland.

— Ma chère, je n'ai rien dit, l'autre jour, quand l'on vous apporta deux chatons, de la part de *Night and Day*. Je n'ai rien dit non plus, quand, avant-hier, Mr Malone, du *Daily Telegraph*, vous envoya un angora. Mais, franchement, les six petits rouquins arrivés tantôt ont lassé ma patience. Ces journalistes semblent avoir découvert une fabrique de chats. De grâce, accordez-leur ce qu'ils demandent ou faites-vous offrir autre chose !

Après le dîner, Mr Andreyew s'approcha du major :

— Décidément, mon cher, vous aviez raison de douter de la culpabilité de Collins ! dit-il d'un ton où son interlocuteur ne put discerner la moindre trace d'ironie. Croyez-vous à celle du docteur ?

— Dur comme fer !

Le Russe parut méditer un instant cette réponse. Puis il hocha la tête :

— Moi pas. Un pari vous tente-t-il ? Je vous la donne à dix contre un.

— Tenu.

Dans un coin, Miss Pawter flirtait avec le Pr Lalla-Poor :

— N'avez-vous pas besoin d'une assistante ? Pour s'étendre confortablement dans le vide, la nuque appuyée sur le dossier d'une chaise et les chevilles reposant sur le dossier d'une autre ? Ou pour deviner, les yeux bandés, l'âge des spectateurs du premier rang ?

— Non, Miss Pawter. Malheureusement.

— Vous êtes un peu fakir, n'est-ce pas ?... Si, si, vous êtes fakir ! J'aimerais savoir si Scotland Yard a misé sur le bon cheval, cette fois ?

— Vous voulez dire : arrêté le vrai coupable ? Je l'espère, naturellement.

— Mais vous demeurez sceptique ?

— Oui, admit l'Hindou à regret. L'arrestation du docteur résulte d'un mensonge maladroit. Mr Smith n'est naturellement pas homme à en commettre.

Collins se retira le premier, bientôt imité par Mrs Hobson qui avait à faire dans son bureau.

Mr Andreyew l'y suivit.

— Pardonnez-moi, chère amie, dit-il en entrant. Mais vous semblez soucieuse ?

— Vraiment ? Non..., répondit mollement Mrs Hobson.

— Triste, peut-être ?

— N... on, redit Mrs Hobson plus mollement encore.

Depuis leur première rencontre, elle souhaitait se trouver seule avec cet homme, avoir le courage de lui montrer… Elle se fit violence :

— Le major nous a dit… Est-il exact que vous ayez épousé une Indienne ?

— Rigoureusement exact. Elle chantait comme un rossignol et se noya dans un rapide. Le rôle était tenu par Miss Elinor Symonds.

Mrs Hobson porta la main à sa poitrine :

— Dieu soit loué !

Le Russe connaissait trop bien les femmes pour n'avoir pas compris dès les premiers mots ce qu'on désirait lui faire entendre. Il crut, cependant, devoir insister :

— Pourquoi ?

C'était plus fort que lui. Il avait besoin de certitudes…

Il ne les obtint pas. « Ces cheveux gris ! songeait Mrs Hobson avec joie. Sûrement, il est mon aîné de trois ou quatre ans… »

— Je suppose que… le studio regorge de jolies femmes ?

— Oui.

— Elles… Les trouvez-vous jolies ?

— Oui, dit encore Andreyew.

Il attendit que ces deux *oui* eussent porté, puis ajouta d'une façon assez inattendue :

— Toutes des péronnelles !

Mrs Hobson sentit son cœur battre à coups précipités :

— Vraiment ?

L'aurait-on torturée qu'on ne lui eût pas arraché un mot de plus.

— Et des planches à pain ! acheva le Russe avec l'accent d'une conviction profonde.

Vingt minutes plus tard environ, un bruit sourd se fit entendre au premier étage. Plusieurs pensionnaires – parmi lesquels Mr et Mrs Crabtree, le major Fairchild et le Pr Lalla-Poor – sortirent en désordre du salon et coururent aux renseignements.

La porte de la chambre de Mr Collins bâillait. Ils virent le petit homme se relever péniblement avec l'aide de Mr Andreyew, tout en se frottant la mâchoire.

— Que diable se passe-t-il ici ? demanda le major.

— Rien, dit le Russe. Collins a glissé, sa tête a porté contre le coin de la table… N'est-il pas vrai, mon vieux ?

Le major poussa un grognement :

— Ah ! oui ? Et pourquoi est-il tombé ?

— Je… je ne sais pas ! bredouilla Collins. Un ver… vertige, je suppose…

Il paraissait fort désireux qu'on le crût. C'est probablement pourquoi il ne convainquit personne.

16
Le provocateur

— Croyez bien, mon vieux, que *Night and Day* se réjouit de voir son plus brillant reporter sur le point d'épouser la nièce d'un lord ! dit Percy Megan. Et je ne nierai pas que le rôle de fiancé entraîne certaines obligations. Mais, après tout, celui de journaliste en comporte également. Voilà trois jours que vous n'avez plus mis les pieds à la rédaction.

— Pas possible ?

— Aussi me permettrai-je de vous donner un conseil amical. Mariez-vous vite ! Du moins nous consacrerez-vous vos soirées…

Ginger Lawson prit un air de dignité offensée :

— Ne mêlez pas Miss Standish à ça ! Mes absences ont un motif sinon plus sérieux, du moins plus urgent. Je compte démasquer moi-même Mr Smith.

— *God damn and…* Vous n'oubliez qu'une chose, Sherlock ! Mr Smith est démasqué !

— Non, dit Ginger. (Et de soulever la même objection que le Pr Lalla-Poor, l'avant-veille :) Ils ont arrêté Hyde parce qu'ils l'ont convaincu de mensonge. Mr Smith ne se ferait pas prendre ainsi !

— Les plus adroits criminels commettent des fautes.

— Pas de ce calibre-là ! Rappelez-vous que notre homme tient la police en échec depuis novembre.

— Soit ! Comment espérez-vous l'attraper ?

— Avez-vous jamais chassé le grand fauve ?

— Non.

— Moi non plus. Mais mon grand-père paternel, à une époque où l'on ne songeait qu'à danser, tua, dans le Colorado, plus de lions que vous ne prononcerez de jurons dans votre vie.

— Objection, Ginger ! Il n'y a pas de lions au Colorado.

— Justement, *il n'y en a plus* ! Pour en revenir à Philibert-C. Lawson, savez-vous quel était son secret ?

— Il se servait d'une mitrailleuse, je suppose ?

— Non, d'*appâts* !

Percy Megan s'arma de patience :

— Quel rapport y a-t-il entre cette histoire et… ?

— Regardez-moi !

Ginger portait une pelisse dont il releva le col, mit en évidence une volumineuse serviette de cuir jaune jusque-là cachée derrière son dos, se vissa un havane entre les dents et fit lentement le tour du bureau :

— Supposons que vous soyez Mr Smith... N'auriez-vous pas envie de me descendre ?

— J'ai envie de vous descendre, de toute façon !... Fichez-moi le camp !

— Bien, bien. Le véritable mérite est toujours méconnu.

— Et que vous rencontriez ou non Mr Smith, soyez ici demain matin, à 9 heures !

— J'essaierai... À moins, naturellement, qu'il n'y ait encore du brouillard.

Sans se soucier des railleries soulevées par son passage – on lui demanda s'il avait hérité, s'il partait pour le pôle Nord, si sa serviette était gonflée par le texte de son dernier article –, Ginger traversa la salle de rédaction à petits pas, ne s'arrêtant qu'une demi-minute devant son bureau pour ouvrir le premier tiroir de droite et y prendre son automatique. On n'y voyait pas à un mètre devant soi, dehors. Mieux valait être prudent.

— Bonsoir, Mr Lawson.

— 'soir, Wilks.

— Bonsoir, Mr Lawson.

— 'soir, Stokes.

Maintenant il était sur le trottoir, en pleine purée de pois. La rue, glissante et grasse, luisait comme un ciré de policeman. On avait l'impression d'être atteint d'un commencement de surdité, on se cognait à des fantômes.

« Ridicule ! » pensa Ginger.

Et c'était vrai qu'il n'avait pas une chance sur mille de croiser la route de Mr Smith, lui, le seul homme dans Londres, sans doute, qui souhaitât le rencontrer !

Il n'en prit pas moins la direction de Russell Square en longeant les maisons et en tirant de son gros cigare des bouffées rageuses. Après les reproches de Percy, il lui faudrait essuyer ceux de Priscilla qui l'accuserait, non sans apparence de raison, de courir les rues…

Comme il approchait de Lincoln's Inn Fields, une voix connue s'éleva derrière lui :

— N'est-ce pas Mr Lawson ?

Ginger se retourna vivement, le cœur battant. Nul bruit de pas ne l'avait averti d'une présence proche.

— Oh ! bonsoir ! dit-il en reconnaissant son interlocuteur. Que faites-vous par ici ?

— Vous le voyez. Je me promène.

— Les *cops* vous ont laissé sortir ?

— Au diable, les *cops* ! L'un d'eux voulait jouer les anges gardiens… Il s'est finalement jeté contre un réverbère.

Cette réponse, sans qu'il sût trop s'expliquer pourquoi, déplut au reporter.

— Où allez-vous ? interrogea-t-il brusquement.

— Où vous allez.

— Et si je comptais me noyer dans la Tamise ?

— Je vous donnerais un coup de main.

Ginger s'arrêta pour mieux observer son interlocuteur… Enfant, il habitait une grande maison sombre, au fond d'un jardin plein de grottes artificielles. Ces grottes lui inspiraient une terreur sans nom. Néanmoins, chaque fois qu'il passait devant l'une d'entre elles, il s'obligeait à y pousser la tête... Il ne fumait pas d'habitude – le cigare allumé dans Fleet Street commençait à lui lever le cœur... –, mais il eût fumé dans une usine de munitions. Percy l'appelait le « provocateur ».

— *Very well,* Mr Smith ! répondit-il enfin, sans quitter l'homme des yeux, guettant sur son visage le reflet de la surprise ou de la peur.

Il fut déçu.

— Quelle mouche vous pique ?

Le ton n'exprimait qu'un faible intérêt.

— J'ai décidé d'interpeller ainsi tous les pensionnaires de Mrs Hobson. Du moins, suis-je ainsi sûr de donner au coupable son véritable nom !

— Une plaisanterie assez sotte, Mr Lawson, si vous voulez mon avis ! Et dangereuse... Mettons que je sois Mr Smith. J'aurais pu vous expédier à l'instant dans un monde meilleur.

Un secret instinct avertissait Ginger de se méfier de cette voix mielleuse, de cet homme sûr de soi. Aussi se mit-il à rire, par bravade, d'un rire qu'il s'étonna d'entendre sonner faux.

— N'en croyez rien ! La poche droite de mon pardessus contient un automatique et j'ai le doigt pressé sur la détente.

L'autre poursuivit son idée :

— Au demeurant, si vous lisiez les journaux au lieu de les écrire, vous sauriez que Mr Smith se trouve entre les mains de la police.

Ginger repoussa la perche qu'on lui tendait :

— Tiendriez-vous Hyde pour l'assassin ?

La réponse le surprit :

— Non.

Les deux hommes firent quelques pas en silence.

— Vous le devriez ! reprit Ginger. Du moment que l'innocence de Collins est reconnue, que le major Fairchild a un alibi et que l'on doute de la culpabilité du docteur, le champ des recherches se réduit aux trois pensionnaires mâles de Mrs Hobson qui n'ont pas été arrêtés… et dont vous êtes !

Le promeneur se mit à rire à son tour, d'un rire contenu et violent qui s'acheva en toux sèche :

— Commenceriez-vous à regretter de vous trouver en ma compagnie, Mr Lawson ?… La rue est déserte. Le brouillard nous enveloppe de toutes parts…

Ginger n'était pas loin de le regretter, en effet. Il crâna :

— Non. Cette conversation me passionne.

— Mais votre méfiance à mon endroit croît de seconde en seconde !

— Non, répéta Ginger. Je vous soupçonne en bloc, vous et les deux autres pensionnaires dont je viens de parler.

— *Well*, vous avez tort !

— De quoi faire ?

— De soupçonner ces deux-là…

— Pourquoi ?

— Parce qu'ils sont innocents !

Ginger se sentit pris d'une étrange faiblesse. La grotte noire était en face de lui. Il pouvait s'en écarter encore... Il y poussa résolument la tête :

— Cela signifie-t-il que vous... ?

— *Oui.*

L'autre ajouta de son ton tranquille :

— Voilà un *bobby*, de l'autre côté de la place. Appelez-le, si le cœur vous en dit !

Le reporter regarda dans la direction indiquée.

À la même seconde, son compagnon ôta la main de sa poche, recula d'un pas, leva son bras et frappa.

Sans un cri, Ginger s'étala sur le sol, la face en avant.

Son imprudent souhait était exaucé.

Il avait rencontré Mr Smith.

17
« Chère Valérie »

— Mais… et l'arme ? grommela Robin comme Strickland se disposait à sortir. Vous auriez dû au moins trouver l'arme !

— Oui… À condition qu'elle soit encore à la pension !

— Que voulez-vous dire ?

— Depuis que le n° 21 de Russell Square se trouve sous notre surveillance, Mr Smith a commis trois nouveaux crimes, dont deux dans des endroits publics. Admettons un instant – contre toute vraisemblance – qu'il ait découvert, sous le toit même de Mrs Hobson, une cachette défiant nos recherches. Aurait-il, mardi dernier et hier soir, quitté la maison en portant son sac de sable sur lui ? L'eût-il osé ?… Évidemment, non ! Fouillé à ce moment par mes hommes, il était perdu !

— Comment expliquez-vous alors que toutes les victimes – M. Julie excepté – aient été frappées par la même arme ?

— Très simplement. Mr Smith, avant d'assassiner le professeur, alors qu'il jouissait encore, par conséquent, d'une certaine liberté de mouvements, a dû – prévoyant l'étroite surveillance dont la pension serait l'objet par la suite – se mettre en quête d'une cachette *extérieure*. Cela lui permet de sortir et de rentrer les mains vides.

— Les rues de Londres ne fourmillent pas de cachettes de ce genre.

— Les rues, non. Les parcs et les squares, si. L'arme repose probablement sous un buisson ou dans la terre meuble.

— Des flâneurs, des enfants pourraient tomber dessus.

— Et alors ?... Le tissu ne garde pas les empreintes.

— Non. Mais une telle découverte laisserait Mr Smith désarmé.

— Provisoirement. Et mieux vaut être désarmé que pendu !

Robin noya, dans une mer démontée, la petite baigneuse dessinée en bleu sur son sous-main :

— Adieu, les preuves directes ! On fouille une maison. On ne fouille pas toute une ville !

— Mettons : un quartier. La promptitude avec laquelle Mr Smith regagne la pension, ses crimes commis, limite les recherches aux abords de Russell Square.

— Après l'arrestation de Collins – qui semblait mettre le point final à cette affaire –, il fut décidé que les inspecteurs surveillant le 21 se contenteraient de noter à tout hasard les heures auxquelles sortaient et rentraient les pensionnaires hommes. L'assassinat de Mrs Dunscombe leur valut l'ordre de reprendre la filature. Il ne semble pas qu'ils en aient tenu compte ?…

— Je le saurai bientôt.

Rentré dans son bureau, Strickland fit comparaître les inspecteurs Silver, Fusby et Hapgood.

— Le cadavre de Mr Lawson, reporter à *Night and Day*, gisait, à l'aube, dans un coin de Lincoln's Inn Fields. D'après le Dr Hancock, le crime – dû à Mr Smith – remonterait à 11 heures du soir environ. Vous étiez chargés de filer Mr Crabtree, le Pr Lalla-Poor et Mr Andreyew… Lequel d'entre vous a perdu son homme ?

Les trois inspecteurs échangèrent des regards embarrassés.

— Le major Fairchild est sorti vers 21 heures, dit enfin Hapgood. Il a fait quatre fois le tour du square à pas rapides, bousculant bien une demi-douzaine de personnes sur sa route. Puis il est rentré et n'est plus ressorti.

— Je me moque du major Fairchild ! Parlez-moi des trois autres.

— L'Hindou est sorti à 20 h 28. Il a tourné dans Woburn Square, traversé Gordon Place, atteint Gordon Square, et là…

— Il s'est escamoté lui-même ?

Hapgood devint rouge comme une pivoine :

— Je dirais plutôt que le brouillard l'a littéralement absorbé.

— Après ?

— J'ai repris ma faction devant le 21. Le professeur est rentré à 23 h 45.

— À votre tour, Silver ! Qu'a fait Andreyew ? Sorti aussi, je parie ?

— Oui, monsieur. À 20 h 10. Il a paru contrarié de me voir et s'est retourné plusieurs fois sur moi. J'ai perdu sa trace dans Theobalds Road.

Silver sentit le besoin de se justifier. Mais il manquait d'imagination. Il acheva :

— Je dirais que le brouillard l'a littéralement absorbé.

— De mieux en mieux ! L'heure de son retour ?

— Minuit 42.

— Reste Mr Crabtree…

— Sorti à 20 h 30, dit vivement Fusby qui regrettait maintenant d'avoir à parler le dernier. Rentré à 23 h 50. Il semblait d'abord très pressé. Puis il s'est arrêté devant les magasins, les théâtres, les cinémas. Je suis parvenu à le filer jusqu'à Haymarket…

— Où, j'imagine, le brouillard l'a littéralement absorbé ?

— En quelque sorte, monsieur. (Fusby ajouta bravement :) Je ne lâche pas mon homme, d'habitude… Encore faut-il que je puisse le voir !

Mr Andreyew, de sa fenêtre, vit s'arrêter devant la pension l'auto de la police et connut – lui, l'homme de sang-froid – une minute d'affolement. Le sort en était jeté ! Les *busies* venaient chercher leur proie !

Il s'approcha de la cheminée et se contempla dans la glace, tout en prenant par jeu le masque du criminel traqué, puis de l'aventurier désinvolte.

Comme il ricanait doucement, on frappa à la porte et une voix de femme l'appela par son nom.

Il alla ouvrir. Mrs Hobson entra dans un froufrou de soie. Elle semblait bouleversée.

— J'ai voulu vous prévenir ! dit-elle, haletante. Le Dr Hyde est innocent… Ce monstre de Mr Smith a commis un nouveau crime !…

— Quand ?

— Hier soir. Des policiers fouillent la maison. Ils veulent vous interroger, vous, Mr Crabtree et le Pr Lalla-Poor.

Mr Andreyew continua tout naturellement la comédie qu'il se jouait à lui-même :

— *Boje moï !…* Je suis perdu !

À la dérobée, il observait Mrs Hobson. Il la vit vaciller, poussa son avantage :

— Il m'est défendu de leur dire comment j'ai occupé ma soirée ! Et j'ai refusé déjà de leur avouer ce que je faisais, tandis qu'on tuait Mrs Dunscombe !

— Pourquoi ?

— Parce que je me trouvais chez une dame.

— Et hier soir ?

— Hier soir aussi !

— La même ?

— Non, une autre.

Mrs Hobson le menaça du doigt :

— Mauvais sujet ! Je devrais cesser de m'intéresser à vous… et je ne le puis !

— Chère Valérie ! dit le Russe en lui prenant les mains. (Il ajouta avec un rare à-propos :) Appelez-moi Boris.

Mrs Hobson pâlit. Elle semblait livrer un dur combat contre elle-même.

— Écoutez... Il ne faut pas qu'ils vous arrêtent !... Je prétendrai que nous avons passé la soirée ensemble...

— Où cela ?

— Dans mon petit bureau.

— Plusieurs pensionnaires pourraient certifier le contraire.

— Dans ma chambre, alors !

— *Ils* me demanderont ce que j'y faisais.

— Dites-leur... Vous savez quoi leur dire !

Mr Andreyew mima une émotion sincère qu'il n'était plus loin, d'ailleurs, d'éprouver.

— Un tel sacrifice..., commença-t-il.

Mrs Hobson l'interrompit :

— *A friend is known in lime of need*[1], dit-elle avec simplicité.

Elle avait à demi fermé les yeux, levé la tête. Andreyew lui entoura les épaules de son bras et ils demeurèrent ainsi un long moment, silencieux. Ils ne s'embrassèrent pas. Cependant, par la suite, Valérie Hobson n'évoqua jamais cette scène sans sentir sur ses lèvres le souffle de Boris.

— Non, dit enfin le Russe. Je vous remercie du fond du cœur, ma chère. Mais je m'en tirerai ou me noierai seul. Qu'est-ce que... ?

1. C'est dans l'adversité que l'on connaît ses amis.

Le plancher avait craqué sur le palier. Il ouvrit la porte toute grande et rattrapa Mr Crabtree qui trottinait vers l'escalier.

— Écoutiez-vous ? interrogea-t-il d'un ton irrité.

— Non, non ! répondit l'autre. Je… Je descendais, tout bonnement.

Strickland interrogea d'abord le Pr Lalla-Poor qui prétendit être allé au cinéma, la veille au soir, et n'avoir pas remarqué la surveillance dont il était l'objet.

Puis il fit venir Mr Crabtree et s'étonna de le voir entrer seul.

— Ma femme garde le lit, expliqua Mr Crabtree. J'en ai profité, hier, pour rencontrer mes amis.

— Où aviez-vous rendez-vous ?

— Dans une pension de Finsbury Circus.

— À quelle heure ?

— 9 heures.

— Curieux ! À ce moment-là, vous erriez dans Haymarket, filé par un de mes hommes !

Mr Crabtree poussa un petit gémissement :

— Ne me trahissez pas ! Je… Ma femme croit que je vais rejoindre périodiquement de vieux amis. Mais, pour être tout à fait franc, je préfère passer mes rares heures de liberté, tantôt au théâtre, tantôt au cinéma. Il m'arrive aussi de me promener sans but précis, d'errer à l'aventure, si j'ose dire…

Le petit homme semblait de bonne foi. Strickland se disposait, néanmoins, à insister quand

Storey entra et lui remit une lettre non timbrée où son nom figurait en capitales d'imprimerie.

— Je viens de la trouver fixée à la glace du portemanteau… Elle n'y était pas il y a cinq minutes…

Strickland ouvrit l'enveloppe et en tira une feuille de papier vulgaire où des lettres et des mots découpés dans divers journaux composaient le texte suivant :

Si Collins Bégaye et si Hyde Boite, Andreyew Brode.

Regardez donc de près sa pelisse et demandez-lui ce qu'il faisait hier après-midi, au bar du « Savoy », en compagnie de Mr Lawson.

« Ce Silver qui ne m'a rien dit ! songea aussitôt Strickland. Le crétin ! »

Il se tourna vers Storey et lui tendit le message :

— Nous avons un allié bénévole ! Courez au bar du Savoy. Interrogez le patron et le personnel. Si nécessaire, recherchez les clients qui s'y trouvaient hier après-midi. À la première confirmation, téléphonez-moi ! Dites à Fuller d'examiner à la loupe tous les vêtements pendus au portemanteau ; à Beard, de convoquer Silver sur-le-champ ; à Mordaunt, de venir me rejoindre… Et faites entrer Andreyew !

18
Mr Smith = Andreyew

— Je suis prêt ! dit Andreyew en entrant.

Il fumait une cigarette à bout de carton, balançait à bout de bras un nécessaire de toilette en peau de porc et semblait aussi joyeux que s'il se disposait à partir en week-end.

— Prêt… à quoi ? grommela Strickland.

— À vous suivre.

— Je ne comprends pas !

— Voyons… Mr Smith n'a-t-il pas commis un nouveau crime et ne comptez-vous pas m'arrêter ?

— Qui vous a dit que Mr Smith avait commis un nouveau crime ?…

— Personne. Je l'ai su dès que votre voiture – cette voiture qui a emmené Collins, puis Hyde – s'est arrêtée devant la maison. Et je m'attends à être arrêté depuis le 28 janvier, jour de l'assassinat de M. Julie… À cause de ça !

Le Russe avait porté la main à sa poche. Il en retira un ouvrage de broderie multicolore qu'il jeta sur la table :

— *De mortuis non maladicendum*... Tout de même, ce pauvre petit professeur aurait bien dû tracer une lettre de plus !... Cela eût départagé les concurrents !

Strickland examina tranquillement l'ouvrage de broderie dans lequel était encore piquée une aiguille. Puis il le plia avec soin :

— Où étiez-vous et que faisiez-vous hier soir, entre 8 heures et minuit ?

— Je crains que mes réponses ne pèchent par monotonie. J'étais chez une dame.

Strickland ne cacha pas son incrédulité :

— Chez cette dame qui habite Belgravia et sert le thé dans un samovar ?

— Non. Chez une jeune fille de Chelsea préférant de beaucoup les cocktails.

— Mais dont vous êtes également tenu de dissimuler l'identité ?

— Hélas !

— Dans ces conditions, avant d'aller plus loin, j'ai pour devoir de vous prévenir que toutes vos réponses seront consignées et pourront soutenir l'accusation... Vous prenez note, Mordaunt ?

— Même des silences ! dit Mordaunt.

Andreyew, lui, ne pipa mot. Par contre, il eut un sourire ironique qui signifiait : « Nous y voilà ! »

Strickland reprit :

— Comment avez-vous occupé votre après-midi d'hier ?

— Vous le savez mieux que moi. Un homme à vous ne m'a pas lâché d'une semelle.

— Je répète : « Comment avez-vous occupé votre après-midi d'hier ? »

— Je l'ai passé parmi les mammouths et les brontosaures du musée d'histoire naturelle de South Kensington.

— Vous n'espérez pas que je vous croie ?

— Non… Naturellement, non !

— Pourquoi mentir, dans ce cas ?

— Pour meubler la conversation ! Vous me posez bien des questions dont vous connaissez d'avance la réponse !

— Très bien ! Reconnaissez-vous avoir rencontré, au bar du Savoy, Mr Ginger Lawson, reporter à *Night and Day* ?

— Oui. Pourquoi non ?

— Dans quelle intention ?

— Le pauvre garçon – que Dieu ait son âme ! – m'avait demandé, lundi dernier, de lui écrire une série d'articles sur les acteurs invisibles qui, comme votre serviteur, ne touchent le public que par leur voix. *Night and Day* m'offrait cinq livres par « papier ». J'en désirais dix. Nous avons fini par transiger.

— Vous venez de dire : « Que Dieu ait son âme ! » Pour quelle raison ?

— Apparemment, parce que je crois à la survie spirituelle !

— J'entends bien. Mais si notre apparition matinale vous a permis de conclure que Mr Smith avait fait une nouvelle victime, elle n'a pu, du même coup, vous révéler l'identité de celle-ci ! Qui vous l'a apprise ?

— Un de vos hommes.

— Un de mes hommes ! Lequel ?

— Je ne sais. Ils étaient deux qui questionnaient un pensionnaire, au rez-de-chaussée, alors que je descendais l'escalier. Ils se sont éloignés à mon approche. Quelques secondes plus tard, toutefois !

Un coup frappé à la porte empêcha Strickland de s'appesantir sur ce point. Fuller entra, portant sur son bras la pelisse du Russe. Son visage habituellement placide exprimait la joie de la découverte.

— Et alors ? dit Strickland.

Il tendait la main. Fuller lui passa le vêtement aux coutures défaites et il en tomba, comme des papillons blancs, une dizaine de cartes de visite.

— Mr Smith ! lut, tout haut, le *super*. Mr Smith... Mr Smith... (Son regard se posa sur l'acteur :) Cela exige une explication, Mr Andreyew !

— Je suis heureux de vous l'entendre dire ! repartit ce dernier en s'approchant sans hâte. (Il prit un des bristols et l'examina sous toutes ses faces :) Curieux ! Ces petits papiers se trouvaient-ils dans mes poches ou dans mes manches ?

Strickland questionna Fuller par signe.

— Dans le bas du manteau, monsieur... Entre l'étoffe et la doublure.

— Je vois..., dit pensivement le Russe. Après tout, d'autres que moi, dans cette maison, doivent savoir tenir une aiguille ?

Strickland fronça le sourcil.

— Prétendriez-vous avoir ignoré, jusqu'à présent, la présence de ces cartes de visite dans votre vêtement ?

— Ma foi, oui ! Je le trouvais bien un peu lourd, mais de là à penser…

— Trêve d'ironie, monsieur Andreyew !

— Ma pelisse demeure suspendue au portemanteau plusieurs heures par jour… et toute la nuit. N'importe qui, par conséquent, a pu y introduire ces bristols.

— Malheureusement pour vous, les événements ont démontré l'innocence de Mr Collins et du Dr Hyde. Et nous n'avons jamais soupçonné sérieusement les autres pensionnaires, l'accusation de M. Julie ne s'appliquant qu'à vous trois.

— Vraiment ? Il ne doit cependant pas manquer de verbes français commençant par la lettre *B* !

— Non. Mais vous n'en trouveriez pas six dont un mourant se servirait pour désigner son meurtrier. Avec *bégayer* ou *bafouiller*, *boiter* et *broder*, nous avons épuisé toutes les possibilités.

Andreyew envoya une bouffée de fumée au plafond :

— Il faudra que j'achète un Littré, un de ces jours !

— Je crains que vous n'en ayez pas l'occasion. Ces cartes de visite constituent une preuve écrasante… Vous feriez mieux d'avouer !

Le Russe s'était rassis, un genou dans ses mains jointes :

— Pardon ! Elles constitueraient une preuve écrasante si elles portaient des empreintes... Mais elles n'en portent pas !

— Comment le savez-vous ?

— Les voyant aujourd'hui pour la première fois, je n'y ai pas laissé les miennes. Et le vrai coupable n'est pas assez sot pour s'être trahi de la sorte.

— Sophismes que tout cela ! Vous n'avez qu'un moyen de nous convaincre de votre innocence... Dites-nous le nom de cette jeune fille chez qui vous prétendez avoir passé la soirée d'hier.

— Impossible, je le regrette.

— Le nom de la dame, alors, qui vous aurait reçu mardi après-midi ?

— N'y comptez pas.

— Aucun jury n'admettra que vous ayez continué à fréquenter des femmes empêchées par leur condition sociale de témoigner en votre faveur, alors que les circonstances pouvaient vous placer d'un instant à l'autre dans l'obligation de nous fournir un alibi.

— Qui sait ? Tous les jurys ne sont pas forcément composés de puritains et d'imbéciles.

— Pourquoi avez-vous tué Mr Lawson ? Pour le dépouiller comme vos précédentes victimes ou parce qu'il nourrissait des soupçons précis à votre endroit ?

— Lequel des deux mobiles vous arrangerait le mieux ?

— Il ne s'agit pas de ce que je préfère. Répondez à ma question !

— *Choroscho !* J'ai expédié Lawson dans l'autre monde parce qu'il me proposait une collaboration devant me rapporter cent livres au bas mot.

La sonnerie du téléphone se faisait entendre depuis un moment. Quelqu'un décrocha le récepteur, puis on perçut un bruit de pas rapides et Mrs Hobson entrebâilla la porte.

— Pour vous, inspecteur.

Mais elle ne regardait qu'Andreyew.

— Je vous remercie, dit Strickland. (Un instant plus tard, il prenait l'écouteur :) Allô !

— Je suis au bar du Savoy, fit aussitôt la voix de Storey. Adams, le barman, se souvient parfaitement avoir vu hier après-midi, vers 5 heures, Mr Lawson, qu'il connaît depuis longtemps, en compagnie d'un homme répondant en tout point au signalement du Russe. Le reporter a réglé les consommations avec un billet de cinq livres et son portefeuille en contenait, paraît-il, beaucoup d'autres.

— Adams est-il près de vous ?

— Oui.

— Demandez-lui à combien il estime le contenu du portefeuille.

Un temps. Puis :

— Adams n'ose jurer de rien. Il croit, pourtant, que Mr Lawson devait porter sur lui environ cinquante livres.

— Très bien. Votre ami, le barman, sera cité à l'enquête.

Strickland raccrocha et regagna le salon.

— Nous poursuivrons cette conversation à Scotland Yard, Mr Andreyew ! dit-il en entrant. La mort de Mr Lawson – simple porte-parole de son journal ! – ne vous a causé aucun préjudice. Elle vous a rapporté quelque cinquante livres *cash*.

— Ah ! oui ?

— Au fond, je m'étais toujours étonné que vous choisissiez vos victimes sur la foi des apparences. On n'aime pas travailler pour rien, comme ce fut le cas dans l'affaire Derwent... Je comprends mieux votre conduite d'hier ! En rencontrant au cours de l'après-midi, dans un endroit où il lui faudrait ouvrir son portefeuille en votre présence, l'homme que vous méditiez de tuer un peu plus tard, vous vous êtes en quelque sorte garanti contre toute déception. Très habile ! Aussi épargnez-vous la peine de répondre à la question que je vous ai posée avant de sortir. Mr Adams, le barman du Savoy, y a répondu pour vous. Le vol du portefeuille de Mr Lawson n'était pas destiné à nous donner le change. Vous avez indubitablement assassiné le reporter par esprit de lucre, comme les autres.

— Ravi de l'apprendre ! dit Mr Andreyew. Partons-nous ?...

19
Beau fixe

Moins heureux que Mr Collins, le Dr Hyde fut accueilli, à son retour à la Pension Victoria, avec une certaine froideur. Ni hourras ni gâteau. Il n'inspirait pas la même sympathie que son compagnon d'infortune et Mrs Hobson, en particulier, l'eût volontiers tenu pour responsable de l'arrestation de Boris Andreyew. Le départ du Russe l'avait plongée dans une morne tristesse. On ne la vit bientôt plus qu'aux repas, les yeux rouges et la poitrine grosse de soupirs contenus.

Les journalistes, eux, devenaient d'heure en heure plus pressants, plus insinuants. Les curieux aussi. Ils entouraient la pension d'un cordon infranchissable. Et les policiers ! On en trouvait partout, en train de fouiller les armoires, de regarder sous les lits. D'aucuns soulevaient les lattes des parquets, d'autres percutaient les murs. Leur demandait-on ce qu'ils cherchaient ? Ils répondaient par un grognement ou une question. À la vérité, ils semblaient eux-mêmes mal fixés. Sans doute s'agissait-il de l'introuvable sac de sable, de l'argent volé aux victimes et des bijoux de Mrs Dunscombe.

Leur encombrante présence mettait le major Fairchild hors de lui.

— Je n'ai jamais vu pareille insolence ! dit-il, un jour, à déjeuner. Ma parole, ils me demanderont bientôt pourquoi je mets mon monocle à l'œil droit plutôt qu'au gauche.

— N'en doutez pas ! repartit Miss Pawter. J'en cherche, moi-même, la raison.

Une seule chose consolait le major : le ton agressif des articles consacrés à l'affaire. Fleet Street – d'autant plus indignée qu'un reporter comptait à présent parmi les victimes – critiquait unanimement les méthodes de Scotland Yard et les feuilles de l'opposition réclamaient à cor et à cri la démission de ses chefs.

On se gausse volontiers aujourd'hui de Sherlock Holmes et de sa méthode par trop simpliste, écrivait notamment *The Clarion*. *Le héros de sir Conan Doyle avait cependant une incontestable supériorité sur l'inspecteur en chef Strickland... Il devinait juste.*

Réjouissons-nous, imprimait de son côté *The Despatch, que la* Pension Victoria *n'abrite qu'une demi-douzaine de suspects. On frémit en pensant à ce que nous réserverait l'avenir si* Mr Smith *se cachait dans un palace !*

Mais le record de la rosserie revenait, en définitive à *The Fifer*[1] qui publiait en première page un dessin de J.J. Travers. L'on y voyait, d'une part, un groupe de cinq hommes quittant Scotland Yard avec les égards dus aux innocents injustement soupçonnés et, d'autre part, l'inspecteur Strickland regardant d'un air perplexe un individu masqué – le sixième pensionnaire – en train d'assommer un passant.

Sous l'image, cette légende lapidaire :

« Mr Smith » *peut-être ?...*

Mr Collins avait rendu les armes après trois jours et demi d'interrogatoire.

Le Dr Hyde s'était enfermé dans un mutisme dédaigneux jusqu'au moment de sa libération.

Mr Andreyew avoua tout de suite.

Une fois assis sur une mauvaise chaise dans un bureau enfumé, les yeux brûlés par une lumière trop vive, il répondit oui à toutes les questions.

Oui, il avait fixé rendez-vous à Ginger Lawson dans le but de s'assurer que le vol de son portefeuille en valait la peine. Oui, il avait tué le reporter au cours de la soirée, avec la même relative facilité que ses précédentes victimes. Oui, il avait...

Mais c'étaient des *oui* volontairement maladroits, portant à faux, généralement suivis de commentaires ironiques, des *oui* qui voulaient dire *non*.

Qu'avait fait le Russe de l'argent volé, par exemple ? « Ce détail m'est sorti de l'esprit »,

1. Joueur de fifre.

répondait-il. Et de l'arme des crimes ? Elle reposait au cimetière des chiens, à Hyde Park, entre la tombe d'un certain Flocky et celle d'une certaine Daisy Belle.

Strickland écoutait tout cela sans sourciller. Mais les autres ne décoléraient pas. Rares sont les prisonniers qui résistent à un interrogatoire serré. Or, Andreyew, après Hyde, semblait se moquer de ses tourmenteurs. Deux en moins d'une semaine, cela passait la mesure !

Une chose intriguait Strickland : l'insistance avec laquelle le Russe regardait le coin du ciel découpé par la fenêtre.

— Attendriez-vous un secours d'en haut ? demanda-t-il un jour.

— Oui, répondit franchement l'autre. (Il ajouta d'un ton amer :) Collins, le docteur et moi aurons sans doute été les seuls dans Londres à souhaiter que Mr Smith ne se lasse pas de frapper !...

Strickland entra dans le jeu :

— Préparez-vous à une déception, dans ce cas ! Le temps est au beau fixe.

Le *super* disait vrai. Il n'y eut plus de brouillard avant le 20 février. Ce qui n'empêcha nullement que...

Le 12 au matin, les deux hommes se trouvaient face à face pour la énième fois, échangeant des balles sans résultat.

— Ce système ne vous mènera nulle part, expliquait patiemment Strickland, ainsi qu'il l'avait expliqué déjà à Collins et à Hyde, à propos de leur « système » à eux, cependant très différent.

Nous avons réuni suffisamment de preuves pour convaincre un jury de votre culpabilité. Pareille attitude ne peut que l'indisposer à votre endroit.

— Supposons que je proteste de mon innocence. Me croiriez-vous ?

— Non.

— Alors, pourquoi prendre cette peine ?... Je hais l'effort. À plus forte raison, l'effort inutile !

Strickland allait répondre. La sonnerie du téléphone retentit.

— Allô ! fit-il. Oui... Quoi ?... Mr Smith assassiné ?... Impossible !... Comment ?... Par Mr Smith ?... Oui... Oui, naturellement... Bon, j'arrive !

Tandis qu'il raccrochait, son regard alla du ciel bleu au visage attentif d'Andreyew.

— L'inattendu s'est produit ! avoua-t-il, livide. On vient de découvrir, dans un sentier écarté de Hyde Park, non loin de Grosvenor Gate, le cadavre d'un certain Allan Smith, agent de change, tué et dépouillé par son sanguinaire homonyme. Aux dires du médecin légiste, le crime aurait été commis hier dans la soirée, entre 10 et 11 heures.

20
Feu Mr Smith

L'histoire se répète, dit-on. L' « affaire Smith », dans tous les cas, après le crime de Hyde Park, apparut à tous comme un perpétuel recommencement. Pour la troisième fois, l'insaisissable meurtrier, poursuivi par la plus habile police du monde, avait laissé arrêter un innocent en ses lieu et place. Pour la troisième fois, il venait d'obliger Scotland Yard à faire son *mea culpa* en commettant un nouveau crime.

— Nous sommes devant un mur ! dit sombrement sir Christopher Hunt au cours de la conférence tenue dans l'après-midi du 12. D'une part, quatre hommes dont l'innocence est prouvée jusqu'à l'évidence. D'autre part, deux suspects qui semblent échapper à l'accusation de M. Julie. Avez-vous quelque raison de soupçonner plus particulièrement l'un ou l'autre ?

— Non, avoua Strickland. S'ils sont incapables de démontrer leur innocence, je suis, moi, incapable de démontrer leur culpabilité.

— Ont-ils eu les moyens d'assassiner Mr Allan Smith ?

— Selon toutes apparences, non.

Sir Christopher ne possédait pas le sang-froid de son subordonné.

— Que me chantez-vous là ? s'écria-t-il.

— Voici le rapport de Hapgood, monsieur. Hapgood surveillait, hier soir, la pension, avec Flower. « *Mr Crabtree est sorti à 19 h 48, a pris l'omnibus au coin de Southampton Row et en est descendu dans Piccadilly Circus. Après une courte flânerie, il est entré dans un cinéma de Regent Street, le* New Gallery. *J'obtins un fauteuil proche du sien. Le spectacle terminé, Mr Crabtree a regagné son domicile, moitié à pied, moitié en omnibus.* »

— Un alibi impressionnant ! admit sir Christopher.

— Oui, intervint Robin qui dessinait sur une vieille enveloppe deux lévriers luttant de vitesse. À condition que Hapgood dise la vérité…

— Et pourquoi mentirait-il ?

— Il s'est laissé *semer* le 1er février. On n'avoue pas deux fois de suite semblable échec.

— Le jour de l'assassinat de Mrs Dunscombe, reprit sir Christopher, Mr Crabtree a prétendu avoir couru les magasins pendant la plus grande partie de l'après-midi. A-t-on retrouvé les vendeuses à qui il a eu affaire ?

— Oui, monsieur. Deux d'entre elles, tout au moins. Malheureusement, leur témoignage ne nous avance guère. La première n'a aucune idée de l'heure à laquelle elle a servi notre homme ; l'autre s'est occupée de lui bien avant que le crime fût commis.

— Et Lalla-Poor ?

— Il s'exhibe actuellement, vous le savez, dans la revue du Palladium. Flower l'a filé jusqu'au théâtre et a surveillé l'entrée des artistes toute la soirée. À l'en croire, l'Hindou n'est pas ressorti avant minuit. Je compte néanmoins me rendre moi-même, ce soir, au Palladium afin de chronométrer le temps que le professeur passe sur scène. Un Oriental est capable de bien des choses…

— Mais pas de traverser les murs, j'imagine ? questionna Robin.

Une bande de méchants roquets s'efforçait maintenant de rattraper les deux lévriers.

— Non, monsieur, répondit sérieusement Strickland. Mais, coupable, il pourrait avoir quitté subrepticement le théâtre après s'être grimé de manière à tromper Flower. Le programme comporte divers numéros exécutés par des Chinois et autres hommes de couleur.

Sir Christopher épuisa la provision d'aspirine dont lady Hunt avait lesté ses poches. L'étau de la migraine se resserrait autour de son front.

— Nous n'avançons pas ! grommela-t-il. Pourquoi diable Mr Smith s'est-il aventuré à frapper par temps clair ?

— Parce que le brouillard se faisait trop attendre ! dit Robin.

— Il pourrait vivre de ses rentes…

— Oui, s'il n'était le crime incarné ! Strickland m'a fourni, l'autre jour, une bien jolie explication. Mr Smith, imbu de sa puissance, tue aujourd'hui moins pour voler que pour nous défier…

— Folie ! Trois fois, l'occasion s'est offerte à lui de faire endosser ses dettes à autrui.

— Les criminels de son espèce revendiquent généralement leurs forfaits. Et peut-être a-t-il un autre plan en tête ?

— Mais lequel ? Chaque crime nouveau diminue ses chances de nous échapper. Déjà, nous n'avons plus le choix qu'entre deux suspects !

Il y eut un silence. Les trois hommes ressentaient vivement leur impuissance. L'ombre menaçante de Mr Smith rôdait autour d'eux.

— Il y aurait bien une solution ! dit soudain Robin. Une parade, plus exactement. Coffrer à la fois Crabtree et l'Hindou. Puis attendre.

— Attendre quoi ? grogna sir Christopher. Qu'on nous écharpe ?… Le passage de ma voiture, à Victoria Embankment, soulève, depuis deux jours, des cris hostiles. Si sir Leward Hughes ne se refusait à accepter ma démission… (Il leva une main.) La vôtre n'arrangerait rien non plus, Strickland ! Vous n'avez pas été très heureux, jusqu'à présent. Je doute cependant que vos collègues eussent mieux fait. Il faut…

Pour la seconde fois, on frappait avec insistance à la porte. Strickland alla ouvrir. C'était

Storey, un Storey rouge et dépeigné, à la cravate tout de travers.

— Et alors ?

Storey fit signe au *super* d'approcher et lui parla à voix basse, tout frémissant d'excitation.

— Nous tenons l'arme, monsieur ! annonça Strickland, un instant plus tard. Mes hommes l'ont trouvée dans la cave d'une maison inoccupée, 14, Ridgmount Street, suspendue à un fil, lui-même attaché à l'un des barreaux du soupirail. Mr Smith, lorsqu'il s'est attaqué à Mrs Dunscombe, Mr Lawson et Mr Allan Smith, n'a eu qu'à la repêcher... En passant, vous reconnaîtrez le système déjà utilisé pour cacher l'argent volé à M. Julie.

— Je veux croire que les choses sont demeurées en l'état ?

— Oui, monsieur. Le sac de sable continue d'osciller au bout de sa ficelle, la maison garde son air abandonné... Bref, le piège est prêt à fonctionner !

— Combien avez-vous d'hommes sur place ?

— Six, dont la surveillance s'exercera de jour et de nuit, qui seront relayés toutes les quatre heures et demeureront en liaison étroite avec moi.

Strickland acheva avec une subite brusquerie :

— J'ai, vous le savez, relevé les empreintes digitales de tous les pensionnaires. Aucune, hormis celles du Dr Hyde, ne figure dans nos archives. J'ai dressé le *curriculum vitae* plus ou moins détaillé de chacun, puisé des renseignements aux sources les plus diverses. Je me suis enfin préoccupé de la somme que portait sur lui Mr Allan Smith. Elle paraît dérisoire. Une livre, neuf *bobs*[1] et trois pence... Que puis-je faire encore ?

— Engager un détective ! suggéra Robin.

Au même moment, ou à peu près, Toby Marsh, qui jouait au « combat naval » avec son gardien, nettoya la table d'un revers de main.

— Pas possible, *ils* le font exprès ! s'écria-t-il dans une explosion de rage. Quinze jours de tôle et toujours rien ! Quinze jours que je leur ai dit : « Le type habite telle rue, tel numéro ! » *Good heavens !*... Des *busies*, ça ?... Alors, je suis cardinal !...

— Une dernière partie, Marsh ?

— Le diable vous emporte, vous et vos damnés torpilleurs !... Vous seriez capable de me gagner ma prime avant que je ne la touche !...

Quant à Miss Holland, elle écrivait avec application :

La Princesse-en-Tulle était si légère qu'elle s'envolait au moindre courant d'air...

1. Shillings.

21
Quatre « oui »

Le Pr Lalla-Poor commença par changer une pièce d'un penny en un bouquet de fleurs artificielles, le bouquet en ombrelle, l'ombrelle en arrosoir, l'arrosoir en lapin russe, le lapin russe en poule dorking. Il expliqua que le numéro complet comportait encore toute une série de métamorphoses progressives prenant fin sur l'apparition d'un éléphant adulte portant son cornac, mais qu'on avait déjà vu ceux-ci se refuser à faire en sens inverse le chemin parcouru. Partant, mieux valait – naturellement – le croire sur parole et en rester là... Il alluma une cigarette, la fourra tout entière dans sa bouche, en chassa la fumée par ses poches. Il exhiba une théière vide, la retourna en prononçant une mystérieuse incantation – le major Fairchild, assis au cinquième rang, jura que ça n'était pas du pendjabi – et en fit couler assez de liquide, un liquide changeant sans cesse de couleur, pour remplir six verres à vin. Il plaça un chat et un jeu de cinquante-deux cartes dans un coffret qu'il ferma à clef, se dirigea vers le rideau, y cueillit quatre as, porta la main à son turban, en retira quatre rois, se pencha vers le trou du souffleur, y prit quatre dames, et ainsi de suite, jusqu'à ce que le jeu fût entièrement reconstitué. Puis il frappa le coffret de sa baguette noire à bout d'ivoire et il en sortit toute une famille de souris blanches. (À partir de ce moment, chacun s'attendit plus ou moins à lui voir escamoter l'orchestre...) Il descendit dans la salle, pria une demi-douzaine de spectateurs et spectatrices d'écrire leur nom sur un bout de papier, jeta dans un gibus les billets pliés en quatre, les mêla, les rendit au hasard à leurs propriétaires, remonta sur la scène.

— Mr Barton, dit-il alors, pouvez-vous me dire l'heure ?

— Certainement, dit Mr Barton.

Mais il ne le put pas. Sa montre avait disparu. En revanche, son gousset contenait un camée monté en broche.

— Mr Knight, reprit le professeur, auriez-vous l'obligeance de m'offrir une cigarette ?

— Comment savez-vous que je fume la cigarette ? grommela Mr Knight.

Il porta la main à sa poche. Son étui n'y était plus. Par contre, il aperçut une épingle de cravate à tête de cerf piquée au revers de son veston.

— Mrs Nutting, voudriez-vous vérifier le contenu de votre sac à main ?... Manque-t-il quelque chose ?

Mrs Nutting, une grosse dame tout emplumée, poussa un cri inarticulé.

— Mon poudrier ! On m'a volé mon poudrier !

— N'aurait-il pas plutôt changé d'aspect ?

Mrs Nutting continua de farfouiller dans son sac d'un air furieux, puis, à l'amusement général, en retira une pipe en écume.

Sous prétexte de leur demander leur identité, le Pr Lalla-Poor avait subtilisé un objet à chacun des six spectateurs et procédé à d'habiles échanges.

— Hum ! dit Strickland à Mordaunt. Voilà bien le plus adroit voleur à la tire que j'aie jamais vu !

Ils étaient installés au sixième rang, observant à la fois l'Hindou et les sept personnes assises devant eux. On eût dit des brebis groupées autour de leur pasteur. Le pasteur était Mrs Hobson ; les brebis étaient Miss Holland, Miss Pawter, Mr et Mrs Crabtree, Mr Andreyew et le major Fairchild.

— Fêtons le retour de Mr Andreyew par une sortie générale ! avait proposé Miss Pawter au déjeuner. Qui est « contre » ?

Tout le monde était « pour », hormis le major Fairchild, par esprit de contradiction, le Dr Hyde, plus misanthrope que jamais, et Mr Collins, mal remis de son arrestation. Encore le major s'était-il rallié à la majorité, au dernier moment.

Le numéro du Pr Lalla-Poor se termina par une sorte d'apothéose explosive. Des serpentins, lancés par une main invisible, s'accrochèrent comme des vrilles dans la salle, des fleurs de papier multicolores et de petits drapeaux aux couleurs anglaises jaillirent aux quatre coins de la scène, des ballons de baudruche allèrent se coller au plafond. L'Hindou lui-même disparut avec une rapidité déconcertante.

— Que penseriez-vous, suggéra Strickland, d'une petite visite à la loge de notre homme ?

Il se dirigeait déjà vers les coulisses. Mordaunt lui emboîta le pas, non sans avoir recommandé à Storey et à Beard, postés dans les couloirs, d'observer discrètement Mrs Hobson et ses compagnons.

À l'entracte, ceux-ci gardèrent leurs places et, conséquence imprévue, le bar fit moitié moins de recettes que d'habitude. Pour beaucoup de spectateurs, qui avaient identifié le groupe d'après les photographies publiées par les journaux, le spectacle se passait en effet dans la salle.

— J'ai peine à croire que Mr Smith se soit attaqué à l'un de ses homonymes par hasard, dit soudain le major.

— Moi de même ! admit Mr Andreyew. Notre assassin national aime les effets dramatiques. Ou je me trompe fort, ou il aura choisi Mr Allan Smith pour frapper l'opinion…

— Sans se préoccuper de savoir ce que cela lui rapporterait ?

— Apparemment.

Le major eût volontiers insisté, mais le Russe, penché vers Mrs Hobson, ne lui accordait plus aucune attention.

La revue terminée par le traditionnel *God Save the King*, tous rejoignirent le professeur à l'entrée des artistes et Mr Andreyew proposa de finir la soirée dans un cabaret russe dont le propriétaire, ancien colonel de la garde impériale, comptait parmi ses amis.

— Allez-y, si vous voulez ! grogna le major. Je préfère mon lit.

Miss Holland donnant des signes de fatigue, il fut décidé que l'un reconduirait l'autre.

À l'*Isba*, Miss Pawter se retrouva comme par hasard assise à côté du Pr Lalla-Poor, et Mrs Hobson à côté de Mr Andreyew.

Ce dernier commanda des *zakouski* et de la vodka. Tandis qu'il enseignait à ses invités la meilleure manière d'absorber le tout, une jeune femme à l'air douloureux apparut et chanta : *Notre mère la Volga*. Pianissimo, d'abord, puis allegro. Allegro, pianissimo. Pianissimo, allegro. Un danseur en costume de cosaque jongla avec des couteaux. Enfin, une deuxième jeune femme à l'air douloureux chanta : *Le Petit Canard...* Boris Andreyew courut à elle, la saisit dans ses bras, la fit tournoyer, unit sa voix à la sienne. On l'acclama.

— Charlie et moi devions aller à Santa-Lucia..., dit Mrs Hobson, quand il se rassit près d'elle.

Elle semblait continuer tout naturellement une conversation commencée.

Andreyew la considéra avec intérêt. Dans sa robe de soie noire aux plis lourds, effleurée par la lumière safran des projecteurs, le teint animé, les yeux brillants, elle avait une séduction étrange... Pour tout dire, Boris lui trouva l'air russe.

— Qui est Charlie ?

— Mon mari. Tombé malade le jour même de nos noces, il mourut trois semaines plus tard. (Elle hésita :) Je possède encore les brochures envoyées par l'agence de voyages…

Boris Andreyew sentit s'incliner davantage la pente qu'il avait commencé de descendre. Mais il ne fit rien pour résister. Il dit :

— Vous devriez me les montrer…

Sous la nappe, leurs mains s'étaient trouvées.

Strickland, au sortir du Palladium, prit un taxi et atteignit bon premier ce coin de Hyde Park, proche de Grosvenor Gate, où Mr Allan Smith avait eu le tort de se promener à la nuit tombée. Mordaunt prit l'omnibus et arriva deuxième. Storey prit le métro et arriva troisième. Beard, condamné à marcher, arriva le dernier.

Il s'agissait de savoir si le Pr Lalla-Poor aurait eu matériellement le temps de quitter le théâtre et de commettre le crime, avant ou après son numéro.

— Et alors ? dit Strickland.

Les quatre hommes avaient leur montre à la main.

Ils se livrèrent à une série de calculs compliqués – additionnant la durée de l'aller et celle du retour, comptant x minutes pour le guet, x pour l'agression et le vol, faisant la part de l'imprévu – et tombèrent unanimement d'accord.

Dans les quatre cas, la réponse était *oui*.

22
Mr Smith = ?

— Nous sommes devant un mur ! s'était écrié sir Christopher Hunt, dans l'après-midi du 12.

Il ne croyait pas si bien dire. Ce mur s'éleva, les jours suivants, jusqu'à toucher les nuages.

Le commissaire en chef, Robin, Strickland, tous, sentirent peser sur eux son ombre écrasante.

En vain, se cachant plus ou moins l'un de l'autre, étudiaient-ils l'affaire sous tous ses angles, comme on cherche la solution d'un rébus ou d'un problème de mots croisés. Ils finissaient toujours par se heurter aux mêmes invraisemblables conclusions...

Le 28 janvier, on avait arrêté Mr Collins. La semaine suivante, après l'assassinat de Mrs Dunscombe il avait fallu le relâcher.

Le 1er février, on avait arrêté le Dr Hyde. Le 5, après l'assassinat de Ginger Lawson, il avait fallu le relâcher.

Le 5 février, on avait arrêté Mr Andreyew. Le 12, après l'assassinat de Mr Allan Smith, il avait fallu le relâcher.

Le 1er février, jour de l'assassinat de Mrs Dunscombe, le major Fairchild avait fourni un alibi inattaquable.

Le 11 février, jour de l'assassinat de Mr Allan Smith, Mr Crabtree – aux dires de l'inspecteur Hapgood, chargé de le filer – s'était comporté de la manière la plus innocente.

Seul le Pr Lalla-Poor avait eu la possibilité de frapper Mr Allan Smith. Mais il ne prêtait pas le flanc aux soupçons. Tout au contraire – s'il fallait en croire l'inspecteur Flower, attaché à sa personne – il n'avait, le 11, quitté le Palladium qu'à minuit 5, pour rentrer bourgeoisement chez lui.

À l'opposé de la police, frappée d'une sorte d'hébétude, la presse et le public réagirent avec une extrême violence. Ce n'étaient partout que discussions passionnées dégénérant en rixes, meetings, explosions d'indignation. Des *bobbies* isolés furent pris à partie et conspués. Chaque jour le facteur apportait à Scotland Yard un plein sac de lettres anonymes dont les auteurs, s'ils n'avaient quelque urgente réforme à suggérer, se répandaient tantôt en menaces, tantôt en dramatiques prophéties. Le nombre de détectives amateurs allait sans cesse augmentant. Il n'était plus rare d'entendre dans les salons de thé des phrases comme celle-ci : « Si vous étiez commissaire en chef, Mrs Dodd, quelles mesures prendriez-vous ? » Et dans les cercles :

« Je vous répète, David, qu'ils font fausse route depuis le début ! Smith appartient au beau sexe ! » Cependant, dès le crépuscule, ceux qui avaient crié le plus fort au cours de la journée s'enfermaient chez eux à double tour. Dans certains quartiers, on eût pu se promener jusqu'à l'aube sans faire d'autre rencontre que celle d'un chat quittant un soupirail pour s'engouffrer dans un autre.

Le 17 au matin, sir Christopher demanda à Strickland s'il avait pris connaissance de l'éditorial de *The Despatch*. Le *super* répondit par la négative.

— Eh bien, lisez-le ! dit sir Christopher en lui tendant brusquement la feuille.

Quand un problème du genre de celui que Scotland Yard a à résoudre ne comporte apparemment aucune solution – écrivait *The Despatch* –, *on en peut déduire que ses données elles-mêmes sont fausses. Souvenez-vous du* Mystère de la Chambre jaune, *l'œuvre maîtresse du romancier français Gaston Leroux, dont les auteurs de detective-novels n'ont cessé de s'inspirer plus ou moins depuis vingt ans. Ce n'est qu'en considérant l'énigme sous un jour nouveau qu'on parvient à la déchiffrer.*

À notre avis, Scotland Yard a péché par excès de confiance en acceptant sans réserve le témoignage de Toby Marsh. Qui est Toby Marsh, après tout ? Un aventurier, un repris de justice pour ne pas dire plus, toujours à l'affût d'un mauvais coup, d'une dupe à étriller. On l'a cru sur parole ! Ne semble-t-il pas plus probable que son histoire soit, sinon forgée de toutes pièces, du moins enjolivée ? Que notre homme ait vu Mr Smith *– le 26 janvier, vers 19 h 30 – pénétrer dans une maison de Russell Square* sans pouvoir toutefois, par suite du brouillard, préciser laquelle ? *Qu'il ait dit, dans le but de toucher la prime promise* : « *L'assassin habite au 21* », quand ce dernier habite peut-être au 19 ou au 23 ?...

Nous avons pris nos renseignements. Le 19 et le 23 sont également des pensions de famille, tenues, la première par une Mrs Mulliner, la seconde par une Miss Quillet, toutes deux excellentes amies de Mrs Hobson.

Quoi d'impossible, encore une fois, à ce que Mr Smith, *hébergé par l'une ou l'autre et prévenu de l'arrivée du nouveau pensionnaire, ait pénétré dans la* Pension Victoria *par le toit, par exemple, et tout disposé en vue de compromettre des innocents ?*

Scotland Yard, au lieu de s'hypnotiser sur le 21, ferait mieux d'enquêter dans cette direction et quelques autres.

— Une visite à Toby Marsh s'impose, admit le *super*, après avoir lu.

Mr Marsh envoya Strickland au diable. Il ne se rasait plus et la seule perspective d'une partie de « combat naval » lui faisait grincer des dents.

— Je vous ai dit que j'avais vu Mr Smith entrer au 21 et je le répète ! s'écria-t-il. Pas au 44 ! Pas au 62 ! Au 21 !... Il a porté la main à sa poche, en a tiré une clef...

Une clef !

Strickland se raccrocha à ce détail oublié comme à une bouée de sauvetage. Plantant là Mr Marsh, il courut à la Pension Victoria.

— Une simple question, Mrs Hobson… Lesquels de vos pensionnaires possèdent une clef de la porte d'entrée ? C'est très important.

— Mais… *tous* ! répondit Mrs Hobson.

Le *super* – comme les trois hommes qu'il avait successivement arrêtés – en vint à souhaiter la réapparition du brouillard. Si celui-ci exerçait en effet une influence nocive sur l'assassin, tout espoir de prendre Mr Smith sur le fait n'était pas perdu.

Le 20, vers 9 heures du soir, les lumières des réverbères perdirent de leur éclat, une brume cotonneuse monta de la Tamise. Le *fog* était là ! Il ne cessa d'épaissir jusqu'à 9 h 45. Puis un vent faible se leva et le chassa.

Le lendemain matin, il avait reconquis le terrain perdu. Et sa densité était telle qu'on dut suspendre tout trafic. Strickland, à peine entré dans son bureau, s'assit près du téléphone et attendit. Vainement. Le plus grave incident de la journée fut une tentative d'enlèvement sur la personne d'une nurse diplômée.

Le 24, dans l'après-midi, Storey, qui surveillait avec plusieurs de ses camarades la maison inoccupée portant le n° 14 de Ridgmount Street, vit s'approcher une silhouette familière… Mr Crabtree ! Les mains enfoncées dans les poches de son pardessus à martingale, la tête basse, il poussait du pied une vieille boîte de carton.

La boîte alla tomber dans le soupirail du n° 14 et Mr Crabtree prit la mine déconfite d'un enfant privé de son jouet. Il se dirigea vers la maison, parut vouloir se baisser. Enfin, il poursuivit sa route en regardant le sol.

— Et alors ? questionna aigrement Strickland, quand Storey lui rapporta le fait. L'avez-vous interrogé ?

— Oui, dit Storey. Mais je ne savais trop comment m'y prendre. Je lui ai demandé s'il lui arrivait souvent de pousser ainsi devant lui une boîte de carton. « Certes ! m'a-t-il répondu. Cela abîme moins les souliers qu'une pierre ou une boîte de fer-blanc ! »

Strickland ne broncha pas. Le dilemme qui faisait blêmir tout Scotland Yard avait déjà repris possession de son esprit :

Le 28 janvier, on avait arrêté Mr Collins. La semaine suivante, après l'assassinat de Mrs Dunscombe, il avait fallu le relâcher.

Le 5 février, on avait arrêté…

AU LECTEUR

qui ne connaît pas encore le coupable :

Ellery Queen, Hugh Austin et quelques autres auteurs de romans policiers américains ont accoutumé d'engager avec leurs lecteurs « une sorte de lutte de l'esprit ». (Hugh Austin dixit) *en les invitant à découvrir eux-mêmes la solution des problèmes exposés dans leurs œuvres.*

Exceptionnellement, il m'a paru amusant de reprendre cette idée à mon compte et d'ouvrir une rapide parenthèse pour vous dire :

« Vous voici en possession de tous les éléments nécessaires à la découverte de la vérité.

» Mieux ! Celle-ci figure en toutes lettres *en divers endroits de ce roman.*

» Êtes-vous bon détective ?…

» À vous d'en décider ! »

L'AUTEUR

23
Bridge-plafond

Les paroles les plus innocentes, les gestes les plus naturels ont parfois des conséquences d'une gravité telle que le cours de plusieurs existences peut en être bouleversé ou interrompu. Ainsi, le 28 février au soir, quand Mr Collins se tourna vers Mr Crabtree et lui proposa de faire le quatrième au bridge... S'il avait pu prévoir ce qui allait s'ensuivre, il se fût enfui aussi loin que ses forces l'eussent porté...

La journée s'était écoulée dans un calme relatif. Entendez par là que Mary avait ouvert la porte d'entrée une trentaine de fois tout au plus, que la sonnerie du téléphone s'était tue, sur la fin de l'après-midi, pendant près de neuf minutes, qu'il avait enfin suffi de jeter un seau d'eau dans les jambes du reporter du *Daily Chronicle* pour le dissuader de photographier Mrs Hobson et « ses enfants » en train de dîner.

Le Pr Lalla-Poor, comme chaque soir depuis une quinzaine, avait pris le chemin du Palladium avant la fin du repas. Le major Fairchild, enrhumé, gardait la chambre. Mrs Crabtree, partie la veille pour Chislehurst, ne rentrerait que le lendemain… Toutes circonstances concourant, en somme, avec l'offre de Mr Collins, à précipiter la tragédie.

Mr Crabtree accepta de jouer avec empressement. Il aimait les cartes en général et le bridge en particulier. Or, depuis qu'il avait sacrifié ses vieux amis à des flâneries solitaires, ce plaisir lui était mesuré.

Boris Andreyew alla chercher des cartes et de quoi écrire dans le bureau où Mrs Hobson, s'efforçant de rattraper le temps perdu, mettait à jour ses comptes de la semaine. Mr Collins dressa – non sans se pincer les doigts – une petite table pliante recouverte de feutre rouge et Mr Crabtree y disposa cendriers et cigarettes. Le Dr Hyde se contenta d'attendre en bâillant que les autres eussent tout préparé.

— Cela vous ennuierait-il beaucoup si je vous regardais jouer ? demanda Miss Pawter, de derrière une pile de vieux magazines.

Le Dr Hyde fit la grimace, mais, déjà, Boris Andreyew avançait un fauteuil à la jeune fille :

— Bien au contraire, Miss Pawter ! Personnellement, j'en serai ravi !

Miss Holland, montée dix minutes plus tôt, devait avoir fini de soigner ses chats et se disposer à travailler, car le sempiternel *Stop ! You're breaking my heart…* se fit soudain entendre.

— Que di… diriez-vous d'une tour… tournante à cinq ? proposa Collins.

Miss Pawter ayant décliné l'offre parce que médiocre joueuse, les quatre hommes tirèrent les places au sort, s'installèrent, battirent les cartes. *Stop ! Stop ! Stop !* supplia, dans un ultime crescendo, une voix trop connue. Deux minutes plus tard, le silence de la petite pièce n'était plus rompu que par les annonces classiques : *club, diamond, heart, spade, no trump.*

Quand on demanda par la suite à Mr Crabtree ce qui lui avait permis de découvrir la vérité, il répondit : « *Le bridge du 28 au soir !* »

Sans doute, ce disant, cédait-il au désir d'étonner. Sans doute, avant d'accepter l'offre de Collins, entrevoyait-il depuis longtemps la solution du problème…

Il n'en reste pas moins que les observations auxquelles il se livra pendant le jeu devaient transformer ses soupçons en aveuglante certitude.

Je n'entrerai pas dans le détail de la première partie. Mr Crabtree la gagna sans que ses adversaires, mal partagés, pussent lui opposer la moindre résistance, sans que son partenaire même – en l'occurrence Collins – eût à le seconder.

Il fit alors équipe avec le Dr Hyde et ses ennuis, si l'on peut dire, commencèrent…

Andreyew-Collins ayant annoncé : « Trois piques », un contre malheureux du docteur leur assura la première manche. Ils jouèrent ensuite :

« Trois trèfles » et en firent quatre. La troisième donne ne permit aucune annonce. Au cours de la quatrième, Mr Crabtree – qui se voyait déjà perdant – reprit espoir. Le sort lui avait octroyé sept carreaux d'as, roi, valet, neuf ; deux piques de roi, trois cœurs d'as et de dame ; un unique trèfle. Il s'empressa d'annoncer : « Deux carreaux. » Par malheur, son partenaire ne lui donnant pas la réplique et Andreyew-Collins se tenant prudemment cois, il dut en rester là. Hyde abattit son jeu et Mr Crabtree – comme il s'y était plus ou moins attendu – fit onze levées.

— Peut-être vous êtes-vous montré un peu timoré, docteur ? dit-il alors. Après tout, votre jeu contenait trois atouts de dame, plus l'as et le roi de trèfle.

— Vraiment ? repartit l'autre. Nous ne jouons pas au bridge-contrat, que je sache ? Carreau est une couleur mineure. Si vous méditiez d'emporter la manche, il fallait en annoncer trois.

Bien qu'il lût sur le visage de Miss Pawter un reflet de son propre étonnement, Mr Crabtree ne répondit rien. Hyde, Andreyew et Collins étaient sans conteste meilleurs joueurs que lui.

« Les cartes ne pardonnent pas ! » vous diront, une fois gagnés par la fièvre du jeu, des messieurs tout ce qu'il y a de sérieux. Ce soir-là, le sort leur donna raison. Mr Crabtree – le docteur, plutôt – avait laissé passer l'occasion. À la donne suivante, leurs adversaires firent manche et partie.

On modifia de nouveau la composition des équipes et sur « un passe » de Collins, Mr Crabtree

– ayant reçu en partage six cœurs de roi, dame valet, dix ; le valet de pique ; trois carreaux d'as et trois trèfles de roi – déclara : « Un cœur. » Le Dr Hyde dit : « Un pique. » Mr Andreyew : « Deux carreaux. » Mr Collins : « Deux piques. » Mr Crabtree, renonçant à regret à ses cœurs, poussa jusqu'à : « Trois carreaux. » Le Dr Hyde insista en pique. Boris Andreyew dit : « Cinq carreaux. » Collins et Mr Crabtree passèrent. Le Dr Hyde contra. Andreyew surcontra.

Mr Crabtree, l'action engagée, ne tarda pas à constater que les atouts du Russe, s'ils égalaient ses cœurs en nombre, leur étaient inférieurs par la qualité. En outre, Andreyew, possédant l'as de cœur second, aurait eu avantage à le soutenir dans cette couleur plutôt que de s'aventurer sur un terrain peu sûr. La meilleure preuve en est qu'il perdit finalement l'as de trèfle, l'as de pique et un atout.

Vers 10 heures, Miss Pawter parla d'aller se coucher, mais Mr Crabtree la retint d'un geste.

— Voyons, Miss Pawter, vous n'allez pas nous quitter déjà ?... Tenez, si vous étiez gentille, vous joueriez le rôle d'agent de liaison et demanderiez à Mrs Hobson de nous servir du whisky... à mon compte, naturellement !

Sa main tremblait un peu, il était pâle.

— Volontiers, dit Miss Pawter. (Sur le seuil de la porte, elle se retourna :) Éprouveriez-vous quelque malaise ?

— Non, non ! dit vivement Mr Crabtree. Je... Je suis tout à fait bien.

« Peut-être n'aime-t-il pas perdre ? » songea Miss Pawter.

Quand elle rentra, un plateau à la main, Mr Andreyew jouait avec le docteur et Mr Crabtree avec Collins. Ils en étaient à leur sixième partie. Andreyew venait d'annoncer : « Cinq trèfles », Collins de les contrer. Miss Pawter s'approcha des joueurs et la disposition des cartes lui apprit que le Russe devait forcément perdre l'as de pique, en possession de Mr Crabtree, et deux rois – celui de cœur, quatrième, et celui d'atout, troisième –, en possession de Collins.

Que se passa-t-il alors dans l'esprit de ce dernier ? Il joua l'une des seules cartes auxquelles il aurait dû s'interdire de toucher – *un cœur* –, tombant en pleine fourchette simple et fournissant ainsi à l'adversaire le pli qui lui manquait.

Miss Pawter se tourna vers Mr Crabtree, s'attendant à l'entendre protester plus ou moins vivement. Mais le petit homme en semblait bien incapable. Ses yeux étaient fixes, ses traits défaits.

— *Good heavens !* dit-il enfin d'une voix sourde en repoussant maladroitement sa chaise.

Collins, ennuyé, ruminait de laborieuses explications. Le Dr Hyde lui ôta la peine de les formuler.

— Et alors ? grommela-t-il, réminiscence du temps de sa détention. Vous n'allez pas vous sentir mal ?…

Mr Crabtree secoua la tête.

— Je… Je vous prie de m'excuser ! bafouilla-t-il.

Il se dirigeait vers la porte à pas incertains. Avant qu'on lui eût répondu, il l'ouvrit et disparut.

Miss Pawter en resta suffoquée.

— Y comprenez-vous quelque chose ? demanda-t-elle.

Boris Andreyew tendit la main vers la bouteille de whisky.

— Ma foi, non ! admit-il, pensif. La vue de Mr Smith ne l'aurait pas secoué davantage !...

AU LECTEUR

qui ne connaît pas encore le coupable :

Il n'est pas nécessaire de connaître le bridge pour tirer des conclusions du chapitre précédent.

Peut-être son contenu vous a-t-il permis d'y voir plus clair ?

Si oui, bravo !

Si non, je vous confirme que vous en savez autant que Mr Crabtree.

Et même davantage !...

L'AUTEUR

24
Lointaine Enid

Mr Crabtree se dirigea vers l'escalier en jetant autour de lui des regards exprimant un complet désarroi. Ah ! si Enid n'était pas partie pour Chislehurst ! Elle aurait su quoi faire, elle !… Il monta deux marches, il en monta quatre, puis s'assit et se prit la tête dans les mains. Ses jambes ne le portaient plus. « Ce n'est pas possible ! se répétait-il. Ce n'est pas possible ! » Mais, au fond, il ne conservait aucun doute sur le sens de sa découverte ; il s'efforçait d'en faire naître.

Au bout d'un moment, le frou-frou d'une robe soyeuse le tira de son hébétude. Mrs Hobson, sortie de son bureau, le considérait de cet air maternel dont elle ne se départait qu'en présence de Boris Andreyew :

— Qu'avez-vous, Mr Crabtree ?… Puis-je vous aider ?

Mr Crabtree éprouva alors l'une des plus fortes tentations de sa vie. Son secret l'étouffait. Il se trouvait dans la situation d'un homme qui se fût promené, une bombe prête à éclater dans la main, et n'aurait su où la jeter pour ne pas sauter avec elle… Il se fit violence.

— Ce… c'est la tête ! bredouilla-t-il. Je vais sortir.

— Vous feriez mieux de vous mettre au lit et de prendre un cachet dans une tasse de thé brûlant… M'entendez-vous ?

Mr Crabtree se leva péniblement et saisit la rampe à pleine main.

— Oui, oui… Je vais sortir ! répéta-t-il avec une douce obstination.

Mais, comme il commençait en même temps de monter l'escalier, Mrs Hobson crut à une retraite honorable :

— Couchez-vous vite. Avant un quart d'heure, vous aurez votre thé.

Mr Crabtree, au lieu de gagner sa chambre, alla frapper à la porte de celle du major Fairchild.

— Qui est là ? cria une voix rauque.

— Moi… Crabtree…

— Qu'attendez-vous pour entrer ?

Le major était installé dans un fauteuil, une écharpe de laine autour du cou, les pieds au chaud, et fumait sa pipe d'un air furieux. Il avait des pommettes rose vif de poupée et les yeux larmoyants.

— Damné soit le climat de l'Angleterre ! J'aime encore mieux un bon accès de malaria qu'un rhume… Vous venez prendre de mes nouvelles ?

— Du tout ! repartit innocemment Mr Crabtree. Je voudrais vous emprunter une arme.

Une fois de plus, il résista à l'envie de se confier. La vérité était si incroyable que le vieil officier eût crié au fou et provoqué une catastrophe.

— Qui méditez-vous d'assassiner ?

— Personne. Je désire sortir et je... je crains de rencontrer Mr Smith !

— *Well*, restez à la maison !

— Vous m'avez mal compris. *Il faut que je sorte !*

Le major haussa les épaules :

— Très bien. Ces inspecteurs que le diable emporte ont saisi mon colt pour « un temps indéterminé »... Mais il me reste ma canne-épée. Vous la trouverez dans le porte-parapluies.

Mr Crabtree, sans un mot, tourna les talons.

— À propos, j'espère que vous savez comment vous en servir ?

— Mon Dieu... Il suffit de la planter dans le cœur de son adversaire, n'est-ce pas ?

Le major fut pris d'une telle quinte de toux qu'il pensa suffoquer.

— C'est ça ! C'est ça ! Tâchez seulement de me la rapporter entière.

— J'essaierai, promit Mr Crabtree.

Mais le major trouva que son accent manquait de conviction.

Mr Crabtree regagna le vestibule en toute hâte. Comme il décrochait son pardessus du portemanteau, une voix le fit sursauter :

— Vous sortez, mon cher ?...

Le petit homme retint un cri. Il avait eu beau dissimuler, ses intentions étaient percées à jour.

— Non… C'est-à-dire : oui… Je ne me sens pas très bien…

— Curieux ! Moi non plus… L'estomac, peut-être ?

— Plutôt la tête…

— Moi, c'est l'estomac ! (Une pause brève. Puis :) Habillez-vous. Nous sortirons ensemble.

Mr Crabtree, le front mouillé de sueur, eut une velléité de révolte. Mais le rez-de-chaussée était désert maintenant, *l'autre* surveillait ses moindres mouvements… Il boutonna gauchement son pardessus, noua le foulard qu'il portait tout l'hiver, ayant la gorge sensible. Le porte-parapluies contenait un parapluie et deux cannes. Il tendit vers elles une main hésitante.

— Vous cherchez quelque chose ?…

Mr Crabtree paya d'audace :

— Oui, la canne du major !

— Désolé. Je viens précisément de la lui emprunter. Mais une canne est une canne, après tout. Prenez la mienne.

La porte ouverte, Mr Crabtree se sentit happé par le brouillard. Il s'efforça de repérer la silhouette familière d'un inspecteur ou d'un agent. Mais on n'y voyait goutte.

— Inutile de compter sur nos anges gardiens ! Ils sont occupés ailleurs.

— Ailleurs ? répéta Mr Crabtree, la gorge serrée.

— Oui, il n'y a pas cinq minutes, un tapage infernal a éclaté de l'autre côté du square. Cris, appels à l'aide. De quoi intriguer les moins curieux...

Mr Crabtree n'eut pas besoin de demander quels étaient les auteurs de cette diversion. Il savait.

— J'ai affaire du côté d'Oxford Circus ! dit-il d'un ton qu'il voulait ferme.

Parmi la foule, il serait en sécurité.

— Vraiment ? Et moi, du côté de Regent's Park...

— Alors bonsoir !

Mr Crabtree pivota sur lui-même pour se retrouver en face de son interlocuteur. Le visage qu'il aperçut lui était inconnu. Lunettes aux verres fumés, petite moustache postiche, joues anormalement enflées.

Le sourire, par contre, n'avait pas changé. La voix non plus. Froide, incisive, railleuse, elle vous glaçait jusqu'aux moelles :

— J'ai cru devoir prendre quelques précautions... Au cas où l'on nous rencontrerait ensemble... Car nous n'allons pas nous quitter !

Mr Crabtree frissonna :

— Que comptez-vous faire de moi ?

— Pour parler franc, je n'en sais rien encore. Vous m'avez pris de court. Une chose est certaine : je ne vous permettrai pas de ruiner mes plans comme on renverse un château de cartes ! Mais ne nous attardons pas davantage... Vous pourriez prendre froid.

Mr Crabtree, subjugué, se mit en marche… vers Regent's Park. Résister, appeler au secours n'eût servi qu'à précipiter sa perte.

Il lui restait une chance, d'ailleurs !… Peut-être Mr Smith ignorait-il la surveillance exercée par la police autour du n° 14 de Ridgmount Street ? Peut-être voudrait-il, en passant, récupérer son arme préférée ?

Aussi, aux approches de cette rue, Mr Crabtree se mit-il à traîner la jambe.

— Déjà fatigué ? railla l'autre. Ou souhaiteriez-vous que j'oblique à gauche ?

Ses lunettes sombres et ses dents étincelantes de blancheur donnaient à son visage, voilé de brouillard, un aspect macabre.

— N'y comptez pas, mon cher ! Les *cops* massés dans Ridgmount Street y verront pousser des orangers avant que j'y remette les pieds ! (Il jouit de la déconvenue de son compagnon, acheva :) Il n'est que juste que vous en soyez le premier informé. Mr Smith a vécu. On ne trouvera plus dans Londres de cadavre à l'épine dorsale brisée… *Pas même le vôtre !*

— Est-ce à dire que… que vous comptez vous servir de… de cette épée ?

— Peut-être !

Mr Crabtree puisa dans l'excès de sa terreur le courage d'objecter :

— Si vous me tuez, la police – tôt ou tard – découvrira la vérité !

L'autre secoua la tête :

— Au contraire ! Votre disparition arrangerait tout ! (Il semblait discuter cette éventualité avec lui-même :) On en déduirait que l'inspecteur Hapgood a menti, de peur de perdre sa place, quand il vous certifia innocent du meurtre de Grosvenor Gate, et l'on vous tiendrait pour l'assassin !... Naturellement, il faudrait que votre corps demeurât introuvable.

Mr Crabtree s'adossa à une façade, le souffle coupé. Il ne se souvenait d'aucun cauchemar dont l'horreur égalât celle de ce dialogue.

— On vous demandera comment vous avez occupé votre soirée d'aujourd'hui !

— Et après ?... Vous savez fort bien que je dispose de témoins prêts à jurer qu'ils ne m'ont pas quitté !

Ce n'était, hélas ! que trop vrai. Mr Crabtree fût tombé si l'autre ne l'avait saisi sous l'aisselle :

— Un peu de cran, que diable !... Il me reste à vous donner un avertissement. Nous allons croiser des passants, des *bobbies* peut-être ! Au moindre geste imprudent de votre part, au moindre cri, je vous passe ce fer au travers du corps ! ...

— Vous... Vous n'oseriez pas !... On vous arrêterait sur-le-champ !...

— Rien n'est moins certain ! Je cours vite. Quant à me retrouver par la suite... n'oubliez pas mon grimage... Mettons les choses au pire ! Avant que je sois pris, *vous, vous seriez mort* !

Mr Crabtree ne douta pas un instant que son compagnon mît ses menaces à exécution. Il ne tenait plus debout que par miracle. « Si je crie, se répétait-il, il me tue tout de suite ! Si je me tais, il me tue dans l'heure ! »

L'instinct de conservation lui dicta la seule conduite raisonnable : gagner du temps, guetter une occasion de s'enfuir. La route est longue, de Russell Square à Regent's Park. Peut-être que…

Un choc violent le ramena au sens des réalités. Un promeneur, trompé par le brouillard, venait de se jeter sur lui et s'excusait, un doigt à son chapeau :

— *'beg your pardon !*

— Voudriez-vous me donner du feu ?…

Mr Crabtree crut rêver. C'était lui qui venait de parler, lui qui exhibait un paquet de *Gold Flake* pour appuyer sa demande !

Le passant ôta de ses lèvres un malheureux mégot.

— Sale temps ! fit-il poliment.

Mr Crabtree alluma sa cigarette tout en hésitant entre deux cris : « Sauvez-moi » et : « Voilà Mr Smith ! »

Avant qu'il eût poussé l'un ou l'autre, un second promeneur aborda le premier et lui demanda le chemin de Long Acre.

Le quidam au mégot se détourna. Mr Crabtree se laissa entraîner…

— Encore une traîtrise de ce genre et je vous cloue à la première porte venue !

Le petit homme s'avisa d'un nouveau système de défense :

— À votre place, j'y regarderais à deux fois !

— Parce que ?…

— Je suis monté chez le major Fairchild, avant de quitter la pension, et lui ai révélé votre secret. Si je ne rentre pas avant minuit, il alertera Scotland Yard !

— Pas mal !… Seulement, pour que je vous croie, il n'aurait pas fallu que j'écoute à la porte, prêt à interrompre vos confidences… Trouvez autre chose !

Mr Crabtree trouva autre chose. Quelques minutes plus tard, comme il descendait d'un trottoir, il s'étala tout de son long en poussant un cri de douleur. Il avait repéré, à courte distance, un taxi immobilisé par le brouillard et dont le chauffeur battait la semelle en grillant une cigarette.

— Relevez-vous ! ordonna Mr Smith à mi-voix. Ou, par Dieu !…

— Je ne le puis ! protesta Mr Crabtree. Oh ! oh ! oh ! ma cheville !

Et il se mit à geindre à fendre l'âme.

Le chauffeur de taxi n'avait rien perdu de l'incident. Il s'approcha sans hâte :

— Quelque chose de cassé, *gov'nor ?*

— Par pitié ! supplia Crabtree. Emmenez-moi à l'hôpital !

Mais sa voix fut couverte par celle de Mr Smith qui disait :

— Je vous remercie… Mon ami a simplement bu plus que de raison !

Le chauffeur parut mal convaincu :

— Je vais vous aider à le remettre d'aplomb.

Il se baissait quand Mr Smith le toucha au bras :

— On vous appelle !

C'était exact. Un « client » avait ouvert la portière de la voiture et criait : « Taxi ! »

Le chauffeur s'éloigna à regret.

— Impossible de conduire par ce temps, sir ! l'entendit-on grommeler. Je serais capable de vous jeter sur Westminster Abbey !

Mr Smith, lui, avait tiré l'épée de son fourreau de bambou. Mr Crabtree en sentit la pointe au creux des reins.

— Debout !

Il se redressa, livide, désespéré... Une troisième tentative d'évasion équivaudrait à un suicide !

Son pantalon et le bas de son pardessus étaient tout sales. « Si Enid me voyait... », pensa-t-il. Puis : « Mieux vaut attendre que cela sèche ! » Des ombres furtives et comme poursuivies se montraient encore de loin en loin. Mais il ne leur accordait plus aucune attention. Sûrement, il n'aurait pas remarqué le constable Summers si Mr Smith ne lui avait enfoncé les doigts dans les bras en disant :

— Attention ! Un *bobby* ! Regardez droit devant vous !

Mr Crabtree regarda droit devant lui. Mais, arrivé à la hauteur de l'agent, il étoila ses souliers d'un long jet de salive... Son subconscient, toujours !

— Eh ! là, vous !... Connaissez le prix de plaisanteries de ce genre ?

Mr Smith s'arrêta le premier :

— Je vous prie d'excuser mon ami, *officer* ! Il ne voulait nullement vous offenser... Pour tout vous avouer, il se marie après-demain et enterre, ce soir, sa vie de garçon.

Le constable Summers se flattait de comprendre bien des choses. Il décida d'offrir à Mr Crabtree une chance de s'en tirer :

— Je veux croire que vous ne m'aviez pas vu ?

— Le moyen – hic ! – de ne pas vous voir ? repartit Mr Crabtree d'une voix pâteuse. Tout ça, c'est la faute à Harry ! (Il désigna son compagnon.) Les *cops* le dégoûtent ! « Vise un peu ce gros-ci ! qu'il m'a dit. Je te parie un *quid*[1] que tu n'oses pas lui cracher dessus ! » Dame, on a sa fierté ! « Pour un *quid*, ai-je répondu, je cracherais sur le lord-maire ! »

Le teint coloré de Summers devint aubergine :

— Sur le... ? *Good Lord !* Suivez-moi tous les deux !

Mr Smith ne bougea pas d'une ligne :

— Un moment, s'il vous plaît ! Il est visible que cet homme ment ! Vous n'allez pas...

— J'ai dit : « Suivez-moi, tous les deux ! »

De nouveau, la voix douce de Mr Smith :

— Où cela ?

— Vous le saurez toujours assez tôt !

Mr Crabtree passa du désespoir à l'allégresse : il avait tenu le langage qu'il fallait !

Puis de l'allégresse au désespoir : en une fraction de seconde il imagina ce qui allait suivre,

1. Une livre.

n'hésita plus. Son compagnon le tenait encore de la main gauche. Se dégageant d'un coup sec, il s'enfuit comme un lapin sentant l'hermine.

Des exclamations confuses, un bruit de chute. « Le malheureux ! pensa-t-il. Dieu ait son âme ! »

La terreur, qui lui avait coupé les jambes dans l'escalier de la pension, lui donnait à présent des ailes. « *Help ! Help !* » cria-t-il tout en courant. Mais il se rendit vite compte que cela l'essoufflait inutilement. Le brouillard étouffait ses appels, le quartier était désert.

Il n'avait d'abord entendu que le bruit de sa propre course et, l'accompagnant en mineur, les battements désordonnés de son cœur. Au bout d'un temps qu'il jugea fort court, l'écho parut les multiplier à l'infini… Non seulement il était poursuivi, mais on le gagnait de vitesse.

Il chercha à forcer l'allure. Un point de côté l'en empêcha. Et la douleur fut bientôt telle qu'elle le plia en deux.

Par bonheur, une étroite rue transversale s'offrait à sa droite. Il s'y jeta, interrogeant anxieusement les façades…

Toutes étaient rébarbatives et noires. Ici des volets clos, là des fenêtres sans rideaux. Plus loin, une maison en démolition. Ce qu'il avait pris pour une rue était une impasse dont tous les habitants semblaient avoir fui.

Une impasse hostile où, d'un instant à l'autre, il allait se faire égorger, loin de tout secours humain.

Il n'eût pas fallu – à l'époque où Ernest Crabtree usait ses fonds de culotte sur les bancs du collège – se hasarder à lui prédire qu'il bénirait un jour le grand Jones.

Et cependant !...

En cette minute critique, c'est de lui qu'il se souvint.

Non de ses brimades, de sa tyrannie quotidienne. Mais de la manière dont il sifflait sans l'aide d'aucun instrument :

« *Tu places un doigt comme ceci... Un doigt comme cela...* »

Un jet de lumière sur le trottoir. Une grosse voix sortant de terre :

— *Wattsamatter ?*[1]

Le cœur gonflé à éclater par son chant du cygne, Mr Crabtree se pencha. Dans la cuisine-cave de la maison à laquelle il s'adossait, une fenêtre venait de s'ouvrir, un constable en manches de chemise rendossait sa tunique, coiffait son casque.

— Vite ! Vite ! supplia Mr Crabtree. Mr Smith veut m'assassiner !

Il perçut des chuchotements, une exclamation étouffée, puis un bruit de pas qui s'éloignait dans les profondeurs de la maison, se rapprochait. Enfin la porte d'entrée s'ouvrit toute grande, livrant passage à un robuste gaillard de plus de six pieds. Il avait les joues enluminées, tenait un revolver à la main, et une grosse fille au corsage défait s'accrochait à lui en pleurnichant :

1. « Qu'est-ce qu'i' s' passe ? »

— N'y va pas, Bert ! N'y va pas !... Il te tuerait !

Le robuste « Bert » jeta un regard dans l'impasse et se tourna, étonné, vers Mr Crabtree :

— *Well*...

Trois hommes venaient de s'arrêter, indécis, au bord du brouillard. Le premier – qui tenait une épée nue à la main – était Boris Andreyew. Le second – qui, quelque dix minutes auparavant, avait détourné l'attention du promeneur à la cigarette en lui demandant le chemin de Long Acre – était Mr Collins. Le troisième – qui avait interpellé le chauffeur de taxi – était le Dr Hyde.

— Lequel vous veut du mal ? questionna « Bert ». Lequel faut-il que j'arrête ?...

Mr Crabtree, les jambes fauchées par ses émotions successives, glissait mollement dans l'inconscience :

— Arrêtez les trois !... Mr Smith n'est pas un homme... *C'est trois hommes !*

L'impasse – cet îlot de silence – était à présent battue par une véritable tempête de coups de sifflet.

— Sauve qui peut ! fit Boris Andreyew.

25
Good night

— Vous avez éprouvé notre patience au-delà des limites permises ! s'écria Miss Pawter. Allez-vous parler de bon gré ou faudra-t-il vous appliquer la question extraordinaire ?

Mr Crabtree ne demandait qu'à répéter son histoire. Il l'avait racontée à trois ou quatre inspecteurs, au superintendant Strickland, au sous-commissaire Prior, au commissaire en chef, à d'opiniâtres reporters. C'est dire qu'il était sûr de ses effets...

Cependant, le regard fixe et morne de Mrs Hobson le troublait. Il quêta l'approbation de sa femme. Celle-ci, pour toute réponse, glissa sa main dans la sienne. Geste symbolique. Enid ne voulait plus commander. Elle voulait obéir à l'homme nouveau révélé par les événements.

— Le cas n'est pas rare d'un criminel ayant un ou plusieurs complices, commença Mr Crabtree. Mais qui envisagerait sous cet angle l'association

Andreyew-Hyde-Collins commettrait une erreur de jugement. Chacun de ses membres avait les mêmes droits, les mêmes obligations. Disons qu'ils constituaient une sorte de soviet, que Mr Smith fut *un meurtrier en trois personnes*. Sans doute ne connaîtrons-nous jamais l'entière vérité. J'imagine néanmoins qu'Andreyew et consorts frappaient alternativement, se passaient leur arme comme des coureurs de marathon le flambeau.

L'auditoire paraissait réduit. Cependant il y avait là, outre Mrs Crabtree et Mrs Hobson, Miss Holland, Miss Pawter, le major Fairchild, le Pr Lalla-Poor et deux nouveaux pensionnaires dont l'identité demeurait dans le vague : un petit gros, envers qui le major commençait déjà d'éprouver une solide antipathie, et un grand maigre aux cheveux gris, à la voix douce, aux gestes mesurés.

— Alors que les meurtriers vulgaires se laissent souvent aller à commettre de fatales imprudences, Mr Smith – *Messrs Smith*, pour mieux dire – péchèrent en fin de compte par excès de précaution. Il y a à la base de leur association une idée de génie. Je ne sais à qui l'attribuer. Peut-être prit-elle corps au cours d'une discussion générale ? Quoi qu'il en soit, elle se résume en une phrase. Afin de persuader la police qu'elle avait affaire à un seul homme, *Messrs Smith 1, 2* et *3* décidèrent d'user de procédés identiques et de signer leurs crimes d'un pseudonyme engendrant *l'idée d'unité*. Ainsi, au cas où l'un d'entre eux viendrait à être soupçonné, arrêté, son « innocence » serait automatiquement démontrée par un regain d'activité des deux autres !

Mr Crabtree marqua un temps d'arrêt.

— Tel fut le credo dont s'inspirèrent nos tristes amis. Toutefois, s'ils avaient prévu que le sort pourrait leur devenir un jour contraire, ils ne se doutaient pas que ce serait dans des circonstances nécessitant le plein développement de leur plan de défense.

Nouveau temps d'arrêt.

— Le 28 janvier dans la journée, Mr Smith – 1, 2 ou 3 – s'aperçoit à divers indices que la police surveille la pension. Un constable est venu, le matin même, interroger Mrs Hobson sous prétexte de recensement, des détectives en civil se promènent dans le square. La conclusion s'impose : un témoin a dû le voir, lui ou l'un de ses complices, entrer au 21, les *busies* peuvent envahir la maison d'un instant à l'autre, cuisiner tout le monde...

— J'ai toujours dit que la police eût dû se montrer plus circonspecte... ou plus prompte ! s'écria le major.

— Bah ! dans un cas comme dans l'autre, le plan eût fonctionné à peu près de la même manière. Ce qu'il y eut de déroutant, en l'occurrence, c'est la rapidité avec laquelle Andreyew et compagnie parèrent le coup porté par le hasard. Mais il ne faut pas oublier qu'ils s'attendaient au pire depuis des mois...

Mr Crabtree avait tiré une cigarette de sa poche. Enid s'empressa de la lui allumer.

— Merci, chère amie… Je n'entends pas critiquer les méthodes de Scotland Yard. En somme, il était difficile aux enquêteurs d'agir autrement. Où ils commirent une bévue, c'est quand ils se trouvèrent en face du cadavre de M. Julie. Au lieu de s'hypnotiser sur les indices matériels, ils auraient mieux fait, à mon sens, de se demander : « Pourquoi Mr Smith a-t-il tué dans sa propre maison… et tout différemment que par le passé ? »

— Mais ils n'ont pas arrêté de se le demander ! Et nous aussi ! s'écria Miss Pawter.

— Enfin, il y eut ces coups de téléphone aux journaux. « Bravade, besoin morbide de se vanter », conclut-on généralement. C'est bien tôt dit et la logique n'y trouve pas son compte. Au vrai, en assassinant M. Julie et en prévenant les journaux, Messieurs Smith désiraient simplement transformer en certitude les soupçons de la police, comme un boxeur se découvre pour vaincre plus sûrement l'adversaire.

— Je ne comprends pas ! grommela le major. À quoi bon précipiter les événements ? Scotland Yard, faute de preuves, n'eût pu arrêter personne.

— Et après ? Vous connaissez mal la police de notre pays. Il en existe peut-être de plus brillantes. Aucune n'est plus tenace. Or, ce qu'Andreyew et les autres voulaient éviter à tout prix, c'est de passer pour « suspects » et, comme tels, d'être tenus à l'œil leur vie durant… En un mot, ils ont commis leurs quatre derniers crimes pour se faire décerner chacun un *brevet d'innocence*.

— Mais pourquoi s'en prendre à ce pauvre M. Julie plutôt qu'à l'un d'entre nous ? questionna timidement Miss Holland. Le connaissaient-ils de longue date ? Saisirent-ils l'occasion de se venger de lui ?

— Non. Ils ne l'avaient jamais vu avant le 28 janvier au matin.

— Peut-être le crurent-ils à la solde de Scotland Yard ? dit à son tour Miss Pawter.

— Nullement.

— J'y suis ! Il avait remarqué l'un ou l'autre détail compromettant pour eux et...

— Pas davantage.

Mr Crabtree ressemblait plus que jamais à un gnome malicieux :

— La réponse est aussi brève qu'inattendue. Mieux, je doute que le mobile ait son équivalent dans les annales du crime. Messieurs Smith ont choisi M. Julie *parce qu'il parlait français* !

— *Goddamn !* jura le major. Cela leur écorchait-il à ce point les oreilles ?

— Non. Mais le professeur était le seul habitant de la pension susceptible d'écrire avant de mourir le fameux : *Il b...* englobant dans une même accusation les trois Mr Smith !

— Prétendriez-vous que ces griffes furent tracées par la main du meurtrier ?

— Précisément. N'oubliez pas : primo, que le médecin légiste, chargé d'examiner le cadavre du professeur, conclut tout d'abord à une mort instantanée ; secundo, qu'Andreyew et compagnie voulaient se noircir par tous les moyens pour paraître d'autant plus blancs par la suite.

— D'où vous est venue la conviction que les marques étaient apocryphes ?

— Voyons... *Il b...*, dans l'esprit des policiers, désignait une manie du meurtrier. Soit ! Mais, je vous le demande, M. Julie n'aurait-il pas plutôt écrit pour désigner Andreyew : *le R... (le Russe)* et pour désigner Hyde : *le D... (le docteur)* ? Ajoutez à cela que, arrivé à la pension depuis quelques heures à peine, il était peu probable qu'il connût déjà l'étrange passe-temps d'Andreyew, c'est-à-dire la broderie. En bref, si l'on tenait le message pour authentique, il ne pouvait guère désigner que Collins. Mais Collins arrêté, les crimes continuèrent...

Mr Crabtree se recueillit un instant. Puis :

— Je voudrais attirer votre attention sur l'habileté quasi diabolique avec laquelle Andreyew, Hyde et Collins s'accusèrent eux-mêmes ou mutuellement, sans toutefois donner aux charges entraînant leur arrestation un caractère définitif. Prenons l'assassinat de M. Julie. Collins a soin de commencer par nier sa visite au Dr Hyde, n'admet qu'avec répugnance sa présence dans la cuisine, ment, se coupe, simule des absences de mémoire, toutes contradictions où la police veut voir l'indice d'une conscience coupable mais qu'un avocat adroit mettrait sur le compte de l'émotion. Reste l'incident des billets tachés d'encre violette... Ici encore Collins eût pu jouer les victimes, soutenir qu'on cherchait à le perdre. Il s'en est naturellement bien gardé, poussant la subtilité, après trois jours d'interrogatoire, jusqu'à se laisser arracher des aveux où il entrait – ironie ! – une part de vérité... Plus typique encore est l'histoire de ce médicament fantôme prescrit par le Dr Hyde à M. Julie. (Je dis « fantôme » car, selon toutes probabilités, il n'a jamais existé que dans l'imagination du docteur.) Hyde savait que la police ne se contenterait pas d'une simple affirmation, s'efforcerait d'apprendre comment la victime avait absorbé le comprimé, en rechercherait trace à l'autopsie, et, de fil en aiguille, conclurait à un mensonge. N'est-ce pas paradoxal ? Pressé par la nécessité, Hyde eût probablement prétendu qu'il espérait ainsi écarter les soupçons de sa personne. En réalité, il n'a cherché qu'à les faire naître !... Andreyew, enfin, se retranche derrière des alibis volontairement fragiles, *incontrôlables*, fixe à Ginger Lawson un rendez-vous que l'on trouvera suspect mais qui peut néanmoins s'expliquer naturellement, hâte son arrestation en adressant à l'inspecteur en chef Strickland une lettre anonyme où il se dénonce lui-même... Entendez-moi bien : pas un indice qui ne fût truqué, qui ne servît plus ou moins les desseins des criminels !

— Comment diable avez-vous découvert tout cela ? grommela le major.

— Ma foi, je me suis d'abord demandé pourquoi Mr Smith tenait tant à signer ses crimes. « Quoi, me disais-je, voilà un homme qui frappe ses victimes dans la rue, dont le temps, par conséquent, est précieux, à qui un retard d'une seconde peut devenir fatal et qui risquerait sa peau pour une simple satisfaction d'amour-propre ?... Seule une raison d'une extrême gravité, d'une gravité vitale, peut l'inciter à agir de la sorte ! » Par la suite je m'étonnai que Mr Smith poussât l'audace jusqu'à commettre un crime sous son propre toit. Cela ressemblait à un suicide ! Et pourquoi renoncer à ses méthodes habituelles, changer d'arme ? À force de réfléchir à ce problème, je trouvai une solution qui me satisfit pour un temps, exactement jusqu'à l'assassinat de Mrs Dunscombe. Le vol était un mobile insuffisant. Par contre, Mr Smith, traqué par la police, devait avoir eu l'intention de compromettre autrui, de faire endosser à un innocent, avec ce dernier meurtre, tous ses forfaits passés.

— Les grands esprits se rencontrent ! dit vivement Miss Pawter. À l'époque, j'arrivai aux mêmes conclusions. Mais l'assassinat de Mrs Dunscombe les réduisit à néant !

Mr Crabtree la menaça du doigt :

— Il fallait vous poser la fameuse question qui est à la base de toutes les enquêtes judiciaires. *Cui prodest*... À qui le crime profite-t-il ? Personnellement, j'estimai que la mort de la jeune femme servait avant tout les intérêts de Collins dont l' « innocence » était, du coup, démontrée. De même, le meurtre de Ginger Lawson, s'il rapporta une somme importante à son auteur, eut pour première conséquence la libération du Dr Hyde. Mais le cas de Mr Allan Smith demeure le plus révélateur... Le malheureux, souvenez-vous-en, ne portait sur lui qu'une livre et quelques shillings et fut – fait exceptionnel – tué par temps clair. Une raison mystérieuse pressait évidemment son meurtrier, l'empêchait d'attendre le retour du brouillard... Laquelle ?... Je fus long à la découvrir... Andreyew, incarcéré depuis une semaine, devait commencer à s'impatienter, se décourager peut-être. Hyde et Collins craignirent, en voyant couler les jours, que l'acharnement de ses tourmenteurs n'eût raison de sa résistance.

— Extraordinaire ! dit quelqu'un.

— Ainsi, mes soupçons prenaient corps peu à peu, étayés par des observations quotidiennes, de menus faits ignorés de la police. Le soir, tenez, où Collins revint parmi nous... Son émotion, devant l'accueil qu'on lui fit, n'était nullement feinte et se traduisit, après le dîner, par une violente poussée de remords. Ce pourquoi nous le trouvâmes se frottant la mâchoire aux pieds d'Andreyew. Le Russe avait évidemment dû recourir à des arguments frappants pour lui rendre son sang-froid. Un autre exemple... Après l'assassinat de Mr Lawson, quand la police vint nous interroger – Andreyew, le Pr Lalla-Poor et moi –, je fus témoin d'une scène qui me donna à penser. Andreyew – poussé par le démon de la séduction et peut-être aussi par un accès de peur panique – se confia à Mrs Hobson, lui en disant juste assez pour lui inspirer l'envie de lui venir en aide. Elle se déclara donc prête à affirmer qu'ils avaient passé ensemble la soirée de la veille. J'étais derrière la porte. Or, Andreyew *refusa*, en homme qui doit boire le calice jusqu'à la lie, et je discernai dans son attitude la même volonté implicite de provoquer la méfiance que dans les réponses embrouillées, malhabiles, de Hyde et de Collins.

— Mais la certitude de ne pas vous tromper ? Quand et comment l'avez-vous acquise ?

— Au cours du bridge auquel les trois Mr Smith me prièrent de participer…

— *Hell !* grogna le major. Prétendriez-vous que leur façon de tenir les cartes ou de les abattre vous apporta la preuve de leur culpabilité ?

— Oui et non. Je les soupçonnais fortement quand j'acceptai leur offre. Néanmoins, je me méfiais encore de mon imagination… Alors, il se passa ceci. C'est que ces trois hommes de fer, si sûrs d'eux-mêmes, se laissèrent imprudemment aller à suivre leurs penchants naturels. Quelle que fût la valeur de mes cartes et l'opportunité de mes annonces, je n'arrêtai pas de perdre *par la faute de mon partenaire*. Il suffisait à Hyde, à Collins et à Andreyew de s'asseoir en face de moi pour se mettre à mal jouer. Qu'en auriez-vous conclu ?… Ce que j'en conclus moi-même, qu'ils se liguaient contre moi pour partager leurs gains par la suite… Or, de là à me dire qu'*ils faisaient équipe dans la vie*…

Mrs Hobson, vivante image de l'affliction, avait quitté la pièce sans un mot. On l'entendit faire de la lumière dans son petit bureau. Puis le pensionnaire aux cheveux gris sortit à son tour.

— À noter encore quelques déductions d'ordre psychologique, acheva Mr Crabtree. Je m'étais demandé dès le début lesquels d'entre nous avaient assez d'estomac pour tuer et j'avais estimé que seuls en étaient capables : primo, Collins, par amour immodéré de l'argent – souvenez-vous de son avarice d'Écossais si souvent sujette à plaisanterie ; secundo, le Dr Hyde dont la misanthropie résultait d'une vie gâchée et d'un emprisonnement peut-être immérité ; tertio, Andreyew, par perversion, goût du danger, déséquilibre…

Ainsi évoquées, les ombres des trois disparus parurent hanter un moment la pièce : l'ombre élégante du beau Boris dont le corps défiguré avait été repêché par les T.P.[1] ; l'ombre chagrine et boiteuse du Dr Hyde, mort empoisonné ; l'ombre enfin, falote et inquiète, de Mr Collins, fils indigne d'un pasteur du Northumberland, qui – seul et abandonné – aurait à répondre des crimes de Mr Smith devant sir Justice.

— Ne trouvez-vous pas qu'il commence à faire froid ? demanda Miss Holland.

— Je sens que je me plairai beaucoup ici ! dit le nouveau pensionnaire.

Il s'apprêtait à sortir du petit bureau et, bien qu'il eût usé de mots quelconques, sa phrase était lourde de sens. Il ajouta du même ton égal :

— Votre visible détresse m'autorise à vous assurer de toute ma sympathie. La vie ne m'a pas épargné non plus. Si vous vouliez un jour m'ouvrir votre cœur, je verrais dans ce choix une marque de confiance et d'estime. Bonne nuit.

1. *Tamise policemen.*

Le Pr Lalla-Poor replia le *Daily Chronicle* :

— On vient de découvrir dans un chenil abandonné, proche de Ruskin Park, le corps d'une femme complètement nue, étranglée à l'aide de ses propres cheveux… Curieux, naturellement !

— Oui, mais…, dit Miss Pawter, reprise par sa manie de composer des slogans à tout propos, « Mr Smith *assassine mieux !* »

Mary poussa la tête dans le petit bureau :

— Je monte me coucher, ma'am. Bonsoir, ma'am !

— Bonsoir, Mary, répondit pensivement Mrs Hobson.

Elle hésita :

— À propos, ne touchez pas aux chaussures de Mr Bullet, le nouveau pensionnaire… *Je les nettoierai moi-même.*

Août 1938 – mars 1939.

DANS LA COLLECTION MASQUE POCHE

John Buchan, *Les trente-neuf marches* (n° 1)
Louis Forest, *On vole des enfants à Paris* (n° 2)
Philip Kerr, *Chambres froides* (n° 3)
Mrs Henry Wood, *Les mystères d'East Lynne* (n° 4)
Boileau-Narcejac, *Le secret d'Eunerville – Arsène Lupin* (n° 5)
Fred Vargas, *Les jeux de l'amour et de la mort* (n° 6)
Taiping Shangdi, *Le cheval parti en fumée* (n° 7)
Ruth Rendell, *Un démon sous mes yeux* (n° 8)
Alan Watt, *Carmen (Nevada)* (n° 9)
Frédéric Lenormand, *Meurtre dans le boudoir* (n° 10)
Boileau-Narcejac, *La poudrière – Arsène Lupin* (n° 11)
John Connor, *Infiltrée* (n° 12)
Jeffrey Cohen, *Un témoin qui a du chien* (n°13)
Barbara Abel, *L'instinct maternel* (n° 14)
S.A. Steeman, *L'assassin habite au 21* (n° 15)
A. Bauer et R. Dachez, *Les mystères de Channel Row* (n° 16)
PRIX DE BEAUNE 2013 (n° 17)
Charles Exbrayat, *Vous souvenez-vous de Paco ?* (n° 18)
Emile Gaboriau, *L'affaire Lerouge* (n° 19)

LE MASQUE
s'engage pour l'environnement
en réduisant l'empreinte carbone
de ses livres.
Celle de cet exemplaire est de :
300 g éq. CO_2
Rendez-vous sur
www.lemasque-durable.fr

PAPIER À BASE DE
FIBRES CERTIFIÉES

Composition réalisée par JOUVE – 45770 Sasan

IMPRIMÉ EN FRANCE PAR CPI BRODARD ET TAUPIN
La Flèche (Sarthe), en mars 2013
N° d'imprimeur : 72768
Dépôt légal : avril 2013 – Édition : 01